一场仿佛全世界都在等待的雨

吴奥琪　吴承涛　著

浙江工商大学出版社 ZHEJIANG GONGSHANG UNIVERSITY PRESS | 杭州

图书在版编目（CIP）数据

　　一场仿佛全世界都在等待的雨 / 吴奥琪, 吴承涛著.
— 杭州：浙江工商大学出版社，2019.6

　　ISBN 978-7-5178-3180-8

　　Ⅰ. ①一… Ⅱ. ①吴… ②吴… Ⅲ. ①散文集-中国
-当代 Ⅳ. ①I267

　　中国版本图书馆CIP数据核字(2019)第062594号

一场仿佛全世界都在等待的雨

YICHANG FANGFU QUANSHIJIE DOU ZAI DENGDAI DE YU

吴奥琪　　吴承涛 著

责任编辑	王　耀　　白小平
封面设计	程　楠
责任印制	包建辉
出版发行	浙江工商大学出版社
	（杭州市教工路198号　　邮政编码310012）
	（E-mail: zjgsupress@163.com）
	（网址：http://www.zjgsupress.com）
	电话：0571-88904980, 88831806（传真）
排　　版	杭州墨工堂文化艺术策划有限公司
印　　刷	杭州宏雅印刷有限公司
开　　本	880mm×1230mm　1/32
印　　张	6.25
字　　数	120千
版 印 次	2019年6月第1版　2019年6月第1次印刷
书　　号	ISBN 978-7-5178-3180-8
定　　价	28.00元

现。这种状况，不能"一棍子打死"，需要理性看待。当前的高考改革也透露出理性的强烈信号与珍贵改变。转型中的中国，很多人都活在巨大的社会压力中，学生也不例外。如何看待压力，家长如何协助孩子因势利导，学生如何将压力转化为动力，这决定了孩子的性格养成、学业成败、人生格局。而这些，都是本书希望解决，或者尝试解决的问题。

作为大人，创造物质生活的能力有大有小，但有一项神圣的事业不可以等待，有一种高尚的职责必须履行，那就是扮演父母亲的角色。对孩子来说，你是天空，是大地，是孩子成长的环境主色调。如何在不可避免的压力环境中为孩子撑起一把色彩斑斓的"快乐生活、快乐学习、快乐成长的小伞"，为孩子构建心目中的理想国？通过自身的学习与参考他人的成功做法，我觉得这是有规律可循的。本书就是我女儿18年的成长点滴记录以及我、爱人与女儿长达18年的交流手记，希望可以为很多行走在路上、对应试教育手足无措的家长提供参考意见。

是为序。

吴承涛

2018 年 12 月

父亲的序言

——让每段旅程，都成为温暖的故事

学习可以是快乐的吗? 快乐生活、快乐学习、快乐成长有规律可循吗? 答案是肯定的。

本书的主旨就是瞄准孩子的快乐生活、快乐学习、快乐成长, 通过记录孩子的成长点滴, 记录亲子交流的很多实际事例, 为很多即将成为父母或者已经身为年轻父母的朋友提供参考意见。

马克·吐温说:"孩子只有一个童年。"我们能做的是蹲下来跟孩子交流, 做孩子最好的朋友。在人生路上, 让孩子健康快乐地成长, 让每段旅程都成为温暖的故事。就像某天早上, 载着女儿去上学, 她有点着急地问我:

"爸爸, 家记本要家长签字, 你签了吗? "

"签了。"

"听写本放了吗? "

"放了。"

"该放的, 都放了吗? "

"是的, 还有空气。"我和她开玩笑。

"还有快乐, 你放了吗? "我接着问她。

"放了, 我昨天就放了。"她也顺势和我开玩笑。

"自信心放了吗? "我继续问她。

"当然, 我这学期开始的时候就放进书包了。"她响亮地说。

岁月静好, 自行车一路行进, 很快就到学校了。看着她慢慢步入校园, 看看身边的世界, 一切都那么温暖而美好!

应试教育的存在犹如头顶的天空, 世界上很多国家其实都有体

目录 ◎

第 **1** 章

亲人与师长

*是您说："要笑着上学，笑着放学！"

妈妈，我想对您说

年复一年，眨眼间我已慢慢长大了。而在我亲爱的母亲眼里，我仍是一个天真的孩子，妈妈无时无刻不在照顾我，为我的生活操劳着。

妈妈，您抚育我长大。从小到大，您总是一丝不苟地教我学习，然后送我去上学，接着马不停蹄地去上班，再下班，回家做家务。有时一天下来，甚至没有空喝上一口水！渐渐地，岁月的痕迹爬上了您的脸庞，这一切何曾不让我难过？

妈妈，我亲爱的妈妈，您多年来的辛勤付出，何曾容易？

妈妈，我亲爱的妈妈，您的爱有如绵绵细雨，滋润着我！

妈妈，我亲爱的妈妈，您的爱有如雨后阳光，温暖着我！

走到你身边，轻轻道一声谢谢，并充满敬意地对您说："妈妈，您辛苦了，我爱您……"

【父亲寄语】 感念母恩

百善孝为先。感念母恩，应该是做人最为基本的品德。母亲是为了孩子的成长付出最为巨大的人，孩子对母亲的感念也最深刻。这里选取两篇：第一篇是奥琪写给母亲的短文；第二篇是孩子与母亲的互答短文。她们在写的时候，没有任何奢望，有一天这些文字可能会和大家见面，而只是希望留作个人回忆，所以文字特别清澈、特别安静。从小的层面讲，教育是每个家庭共同的课题，共同的困惑；从大的层面讲，教育是伟业兴邦的根本所在。所以我将小家庭的经验与心得提供给大家参考，希望能提供些许帮助，让更多的人做"快乐生活、快乐学习、快乐成长"的探索者、分享者、成功者！

只把月色留在回忆里

——与妈妈共读《月色淡淡》有感

引言：老师布置了"和父母分享阅读"的题目。奥琪和她母亲的互答短文，让人备感温暖。尤其是孩子"把恶意写在沙子上，随风而逝；把善意刻在石头上，让岁月铭记"的真情流露，让大人也备受启发。

（女儿部分）今天是妈妈的生日，在这个特殊的日子里，我选择和她共同朗读高尔泰的《月色淡淡》一文。文章叙述的是作者的两次邂逅：一次遇到了温厚博学的老者；另一次遇到了好心且怀有理想的青年医生。

翻开书，和妈妈一起慢慢读，她读得很认真，一字一句，我接着她读的往下读。我们都被高尔泰渲染的那种氛围打动了。在似水的月光下，坐在田埂上，听温厚的老者讲故事，他眉目安详；与善良的青年聊天，他神色坚定。我们也受高尔泰对待回忆的态度影响，即便青年与老者都没有善终，他的字里行间也不见悲愤与不满，而是用柔和的笔触写下当年的感动，这就是他对待回忆的态度：只把温暖记下，只把月色淡淡地留在回忆里。

每个人和家人、朋友之间有无数温暖与感动的瞬间，也有"飞扬跋扈"的时刻，不如像高尔泰那样，像《两个朋友》中的主人公那样，把恶意写在沙子上，随风而逝；把善意刻在石头上，让岁月铭记；只把岁月留在淡淡的月光里……

（母亲部分）春日的午后，阳光很是温暖，让我有些许的困意。这时女儿甜甜地问我："妈妈，你要午睡吗？"感觉到女儿或许是想让我为她做点什么，于是，我就说："没有啊！"

　　于是就有了——我们的一起朗读。上一次的朗读,应该是在女儿上小学时吧!那个时候,女儿很想当老师,经常让我当她的学生,她读一句,我跟一句。我常被她稚嫩的表情逗笑,她总是一脸认真地"批评"我。这一次,女儿邀请我和她一起朗读,我十分认真,怕念错字被她再次"批评",我事先没有看过她选的文章,难免有不流利的地方。可是,女儿却表扬了我,我很是高兴!

　　一早,女儿跑过来,满脸欢快地对我说:"妈妈,生日快乐!抱抱!"还问我要什么生日礼物。物质上我还真想不出我缺什么。现在,我想说:"你长大了,懂得体谅妈妈了,这是最好的生日礼物!谢谢你,宝贝!正如你跟我说的,记住生活中的美好,每天都是开开心心的,跟你一样!"

我给爸爸画像

爸爸的眼睛

我的爸爸中等个儿，有点瘦。他很爱我，他的眼睛好像有魔力，每当他慈祥地看着我时，我心里就会很温暖。他用他的这双眼睛和我分享许多有趣的、著名的电影或书籍，例如《威尼斯商人》《水浒传》《三国演义》等。每次我们都看得心满意足。

爸爸的鼻子

虽然爸爸的眼睛有魔力，但眼睛下面的鼻子却不怎么灵。他有时烧菜，烧焦了都闻不出来，还要我提醒他。有时我怀疑爸爸的鼻子是不是小了点。

爸爸的嘴

爸爸的嘴角总是向上翘着，像是带着微笑。他还很幽默，能把我犯的错误编成一首歌，每次都引得我哈哈大笑，让我在快乐中受到教育。

爸爸的手

爸爸的手可不像妈妈的手那样光滑。爸爸的手皱皱的，因为妈妈身体不好，不能多干家务活，所以爸爸经常洗衣、做饭、拖地……这样能没有皱纹吗？所以在画像上，我给爸爸的手加了几条线。

爸爸的耳朵

对了，还没画耳朵呢，爸爸的耳朵和鼻子一样，也不灵。他做事入迷的时候，无论我跟他说什么，他都听不进。大概爸爸的耳孔也太小了吧!

　　这就是我的爸爸,和蔼可亲、幽默的爸爸!

【父亲寄语】 父爱如山

　　一个男人,只有在身为父亲之后,才能真正体会"父爱如山"背后的深刻内涵。这里选取了两篇文章,可以诠释我的理解,也包括孩子的理解:第一篇是奥琪描述父亲的短文;第二篇是我与奥琪互答的短文,作为学校要求家长与孩子"共同完成的作业"。

　　人生,有些时间点是永远不会被忘记的。2009年6月21日,父亲节。刚刚过去的2009年浙江高考,语文卷作文题目是"绿叶对根的情意"。如此新颖的题目,引得社会一片赞叹、感慨,我们小小的家庭也为此进行了激烈的讨论。记得父亲节那天,我出差回到家,时间已经较晚。我轻轻打开门,只见一个小方凳放在入口处,上面是一张蓝色的彩纸,彩纸上画了一幅画,还有一篇文章,奥琪用她不熟练的文笔写下了"绿叶对根的情意"一文,作为给我的父亲节礼物。此情此景,还有什么比这个更能说明"快乐生活、快乐学习、快乐成长"的巨大意义呢?

父女共同完成的作业

引言：学校创新教育方法，布置了"家长与孩子文章交流"的作业。针对同一个题材，家长与孩子共同思考，共同写作，并要求一同上交老师。于是有了本篇"共同完成的作业"。

奥琪的文章：

叶

一股嫩黄色，自叶柄顺着叶脉蔓延开来，晕满了半片桂树叶，边缘处嫩黄与新绿相融，交杂其中，和谐统一。它生长在背阴的一端，微微昂首挺立。摘下它时，用了点力，较为粗壮的叶柄告诉我，它立于风口却吹不败的原因。它斑驳的色彩、纹理，是它一生的美丽。即使它深掩于桂树叶，但我能发现它，发现它鲜艳的嫩黄。寒来暑往，即使身处逆境，但它用每一丝生命吐息，演绎了不凡的美丽。正如我们，即便教室朝北，"寒窗苦读"，但我们能做自己的太阳，绽放绮丽的人生！

父亲的文章：

路边的那棵马褂木

常在家旁边散步，路边的那棵马褂木，春绿秋黄，不时引得我们驻足。仿佛可以对语，仿佛欲言又止，随风轻摆的片片马褂叶，让我们仿佛理解了许多事。

　　记得第一次听说它的名字——马褂木，就被取名的先哲感动了，如此生动的名字，仿佛带着故事、带着老歌的韵味，吸引你去了解它、读懂它、轻轻地依偎它！

　　冬天总像牧童在不紧不慢地牧牛，在北雁南飞之后来临，马褂木是否也觉得大地母亲需要御寒呢？不然它为何要将一件件精心制作的"马褂"，小心翼翼地给大地母亲披上！

　　感恩的心，感恩有你，耳际的歌，眼前的景，未来的路，忘不了——路边的那棵马褂木。

绿叶对根的情意

　　小学时，老师如果是根，那么我们就是绿叶，根把充足的养分送给我们这些未长大的叶；中学时，老师如果是园丁，那么我们就是那些盛开的花朵，园丁把温柔的呵护给了我们这些美丽的花朵。

　　啊！我终于感觉到了，老师对我们的情意。如果没有老师的关爱，这世界将缺少很多色彩！

　　注：2009年高考作文题目为"绿叶对根的情意"。

答案在风中飘荡

——奶奶吴秀华的人生三部曲

　　"牡丹竞放笑春风，喜满华堂寿烛红……"奶奶坐在藤椅上，双目微闭，嘴中低声吟唱着《五女拜寿》的选段，手指轻轻打着节拍，任春风拂过她额前的银丝，眉宇间和蔼安详，她沉醉于悠长婉转的古调，未曾想过，这古调却引领着她身旁的小孙女，去领略六十年前小山村里的日月星辰，去遇见六十年前那个趴在她父亲膝前的姑娘，去寻找那飘荡在风中的答案……

　　朝阳般的童年生活，是奶奶永远的多彩回忆。她趴在她父亲的膝前，灵动的眸子里满是好奇，她父亲停下手中的麻将，捏着一块"幺饼"，幺饼上圆圆的图案像是那孩子的脸，"噫，你小名就叫'幺饼'吧，哈哈！"小幺饼的父亲是村子里的秀才，写得一手好字。她常常蹲在地上，看她父亲在石板上用水写"楼观沧海日……"我想正是她父亲俊秀的字迹、随口吟诵的诗文，使"小幺饼"在日后艰难的岁月里，也不因生计所迫而失去体面与尊严，始终保持内心的一份"雅"。

　　村庄的炊烟总是伴着溪声袅袅升起。"小幺饼"一天天长大，她最喜欢在风中追逐美丽的蝴蝶，在飘荡的蒲公英小伞下，想象自己的未来。山的那边是什么？大巴车消失的远方是否就是大人说的县城？为什么电影里的人物都喜欢把脸画成大花脸？没有人有空回答"小幺饼"那么多的问题，只有随风轻摆的芦花，欲语还休地告诉她答案。

　　风霜雨雪四十载，从一个"小幺饼"，到一个大家庭，我们的大家庭就像现实版的《家》《春》《秋》。"小幺饼"终于长大，成为一名人民教师。而从教十几年后，由于家庭的原因，她离开三尺讲台，失去转成公办教师的机会，从而与安逸的退休生活擦肩而过。她选择成为一名伟大的母亲。

再婚之后，两个家庭重组，奶奶成了九个孩子的母亲。每次开学前，她只能四处借钱，听尽了难听的话才把九套新书买回家。她把新书放在床边，让孩子们一个个进去。那个趴在门缝上偷看的小儿子，是我的父亲。"小卫，进来！""好！"他应着。"你跟我保证，会好好读书！""我，我保证会好好读书！"窗外的风，引得墙角的栗子树发出"哗啦，哗啦"的响声，屋里那飘忽不定的烛光，闪烁着她对整个家庭的希冀。

岁月无痕，但那山风飘荡的村庄，烛光里望子成龙的絮叨，是孩子心中母子情深无法忘却的答案……

她还会带着九个孩子去乡政府门口看墙上的布告，"×××犯×××罪，判××年……"她读着，从右往左，罪行越来越重，而最左边的那个鲜红的勾，则意味着那个人已经被枪决。村口的大风吹过，布告发出"哗啦"的声音。那鲜红的字迹，带着一股威慑力，教给那个男孩什么是做人的禁区，把法律以最直接的方式植入人心。风中没有答案，没有述评，只有母亲轻轻的读布告的声音，但孩子看到了答案，风中明明飘荡着"如何做人"的答案。

饥饿是我父亲常有的童年记忆。一个午后，家里那口大黑锅冒出浓郁的番薯香味，即使知道这是为我辛劳的爷爷准备的，但我饥肠辘辘的父亲还是偷偷掀起锅盖，在氤氲的蒸汽中捡了一个，用衣服包好。在准备掰开吃时，有脚步声传来，他连忙躲在灶台的后面。是奶奶和姑姑，他听见了她们的说话声。当她俩走进厨房时，一下子就明白发生了什么。"小卫，是小卫！"姑姑指着年幼的父亲露出的半个屁股低声说。奶奶赶紧止住她："嘘——不要说，不要说。"奶奶拉着姑姑走了，眼眶通红。她的沉默里有什么？是对小儿子食不果腹的怜惜，是面对大家庭，自己无力改善生活条件的怅惘，更是对那个灶台后男孩尊严的维护。

灶台后面没有风，只有孩子自己的气息，不知是不是番薯的缘故，那个男孩的双颊格外灼热。

风霜四十年，最美夕阳红。奶奶会用最朴素的话语，教孩子"近朱者赤，近墨者黑"；她会紧紧攥着孩子的手，教他孰是孰非。她经年累月地唱着古调，用最浅显的话语，传递着最深邃的道理。四十年走过，她的言传身教不为孩子能够功成名就，只为每个孩子都能正直善良，无愧于祖先，无愧于大山……

一曲终了，奶奶睁开双目，眸子仍像那个"小幺饼"一样，清亮灵动。到了一家人散步的时间了，她走到阳台的水龙头前，从左至右，依次拿起早已准备好的发夹，如仪式般庄重地整理好头发，卡好的银丝一丝不乱，在夕阳下熠熠闪光。路旁迎风轻摆的黄馨、羞涩的含笑花、伟岸的马褂木，犹如风中的亲情答案——黄昏不老，这是她不变的自信与尊严。

白首齐眉祝寿长，祝福我的奶奶！

【父亲寄语】 浙西南古老村庄的小姑娘

我和孩子会探讨很多话题，历史、哲学、教育、风景名胜、京剧等，话题广泛。其中，会不时谈起孩子她奶奶的成长经历。因为孩子她奶奶童年时生活在中华人民共和国成立初期，所以给孩子带来了较大的感触。奥琪写她奶奶的作品，此处择取了3篇。尤其是"答案在风中飘荡——奶奶吴秀华的人生三部曲"一文，的确出乎我的意料。文章像小说，又像散文，真情满满。同时，文章画面感很强，仿佛时光倒流，让人对一位生活在浙西南古老村庄里的小姑娘——现在的奶奶，有了初步的认识，暖意充满字里行间。此文获得了"第十六届'叶圣陶杯'全国中学生新作文大赛"优胜奖。

关于本次创作，奥琪自己也有心得，她写道："文以载道，但文更载情。这次的家人小传，像一场扣人心弦的旅程。在听爸爸讲述奶奶的故事时，我仿佛顺着她哼唱的古调，去半个多世纪前相逢那个姑娘，我仿佛感受到她的风霜雨雪。因此，这次写作虽然没有华丽的词藻，但有细微之处；虽然没有优秀的结果，但有我的热血与激情。"

胭脂黄昏

这是偶然在书上看到的题目，我想到了一个女人。

奶奶六十几岁了，因爷爷不久前离世，就来我们家住了一段时间。关于奶奶，我记得一个故事。太爷爷曾经是乡长，动乱时期因为一张信纸暴露身份后，自称去河边挑水，就再也没有回来。妻儿则留在故乡，后来的生活自然不容易。

几十年过去了，时光早已染白了奶奶的头发，但那历经坎坷的生活，从未将她击垮。住在我家的日子，每一个黄昏，爸爸都会陪她去小区里散步。然而在这之前，她总会花大把大把的时间在卫生间的洗脸台上：右手边整整齐齐地摆放着一排锃亮的黑发夹，用来把过耳的银发披在耳后。她拿那排发夹的顺序永远不会乱，从右到左，然后把每一个发夹从耳际开始，一点一点，紧紧夹住银发，一旦发现有发丝垂在耳畔，便拆下之前的发夹，重新，一点一点……多年来，从未见过奶奶的发际因为风吹而凌乱。那头整齐而又干净利落的白发，在我记忆里一直静默着。我曾经因为等待而不耐烦过，想着一个人老了，怎么还这么爱漂亮。

直到后来，看到了某位作家写她的母亲，说她的母亲不分春夏秋冬，几乎天天洗澡、洗头，在身上和头发上打满肥皂，每次都会花去很多时间，衣服总是干净笔挺。每次看到蓬头垢面的上班族，她都会夸张地皱眉，终于有一天被问起时，她只笑笑说，我只求干干净净，对得起自己……我这才明白，原来奶奶那不是爱漂亮，而是注重端庄，再苦，再累，也要做一个有尊严的女人，决不允许自己因生活坎坷而蓬头垢面。直到今天，这早已成了她的习惯。谁说"夕阳无限好，只是近黄昏"呢？

吾宁人老，不愿珠黄，这是一个女人的人生信条，一个女人的，胭脂黄昏。

【父亲寄语】 写好作文的"四把快乐的钥匙"

我和孩子会探讨写文章的心得，自创了写作文的"四把快乐的钥匙"：一个简单、明了、富有哲理的题目，一个主题鲜明、观点新颖、正能量的开头，一个层次分明、层层递进的论证过程，一个意味深长、回应主题的结尾。

孩子回想自己写文章，经过了初始的无从下笔、无内容可写，到后来写长篇大论容易，写短、写精、写出意境很困难的过程。"言由心生，我笔写我心"，到一定时候，写文章犹如与自己对话、与知心的师友对话，真情实感自然就流露于笔端，文章变得更容易打动人。

红糖饺子

奶奶说，这是一个象征幸福的红糖饺子——白白的面皮里，塞着满满的红糖。

每年春节，在包完了芹菜猪肉馅的饺子，放了满满一桌后，奶奶都会把最后一张皮留下，放两勺红糖，再利索地对折……小时候的我，更是每年都会趴在桌上，看着奶奶包这最后一个饺子，不仅仅因为年幼时的我有着对糖的迷恋和深深的好奇心，还因为奶奶曾经说过的那句："吃到红糖饺子的人，一定会幸福一辈子呢！"

这，也是我最初对"幸福"这个词的理解——吃到红糖饺子。

似乎从我记事那年起，那是我第一次尝到"幸福"：我在高高的椅子上，看着碗里本就不多的饺子，心急地拿了一个勺子，想去戳破饺子，找到那个幸福的"红糖饺子"。奶奶端了一盆菜过来，见状，笑着说："你这样戳啊，幸福会跑掉的哦！"这句话对小小的我造成了不小的震撼。我只好放下勺子，一个一个地吃掉上面的饺子。快吃完的时候，我看了看碗底：半碗面汤下，静静地，躺着一个饺子。白色的面皮，映着深深的棕红色，这就是我要找的吗？带着疑惑，我先咬下了一个小角，一股温热的暖流，带着浓浓的香甜，浸入齿间！我带着欣喜一大口把它吞了进去，幸福的感觉，一直暖入心底。我抬头听到爸妈说："哇，你会幸福一辈子哦！"话语间，我还看到了奶奶止不住的微笑，那笑容好熟悉。当奶奶看到我吃完她做的早餐的时候，当奶奶偷偷帮我写了半张字帖的时候，当她在回家的路上，牵着我的手，听我说今天在幼儿园里和小朋友玩得很开心的时候，她都是那样笑着，眼旁的皱纹缩成一团，两旁的笑肌用力地、吃力地往上提，同时默默地说："好幸福……"

直到有一天，我和哥哥们玩累了，独自回家喝水。走到厨房门口，便停住了：我看到奶奶把眼睛眯成一条缝，手里拿着一双木筷子，从那口锅里，挑出一个好熟悉的、棕红色的饺子，放在那个全家独一无二的白瓷碗里——那碗是我从小用到大的。

在之后的每一年，碗里总会静静地躺着那个让人幸福的饺子，而我想，总有一天，我也会静静地让奶奶尝到幸福的味道……

我眼中的新班主任

——沈豪杰之初印象

瘦瘦的他，个子不高的他，眼神中透着一丝严厉和温和的他，便是我的新班主任——沈老师。

初见沈老师，不免有些生分，但沈老师幽默的语言与和蔼的目光，便让那颗名为"生分"的糖融化了。我们报到的第一天，沈老师便在黑板上写了"欢迎回家"，并将"家"字写得特别大，预示着他将会教我们如何在班级中和睦相处。沈老师的语文课，才是"真材实料"：他一遍又一遍地认真教我们朗读课文和词语，幽默而仔细地上了第一课。今天，只是我们和沈老师相处的第三天，沈老师已让我们感受到了他的朴实和风趣。

沈老师就像一面镜子，你听话他就笑，你不听话，他就愤怒；沈老师就像一个过滤网，我们就像一盆黄河水，滤走的是沙子，留下的是清澈的河水。

啊！沈老师，"神"老师！

【父亲寄语】 "要笑着上学，笑着放学！"

遇到好老师，是人一生的福气。这里择取两篇短文，一篇是写小学的语文老师沈豪杰，文中孩提视角下的"沈老师就像一个过滤网，我们就像一盆黄河水，滤走的是沙子，留下的是清澈的河水"，比喻亲切、形象；另一篇是写高中的语文老师姚芳，她要求孩子每天都要"笑着上学，笑着放学"。

师恩永恒！

写给语文姚老师的信

——是您说："要笑着上学，笑着放学！"

姚老师：

先祝您教师节快乐！相逢不久，但我已被您严谨的态度与独特的教学风格所吸引，谢谢您给我们定了一个"要笑着上学，笑着放学"的要求；谢谢您一再提醒我们标点的问题，让我们开始重视细节；谢谢您在课堂上、作文评语中，带给我们真性情与感动！我喜欢您上课的方式，是自主探寻与发现作品背后的深情，而不是单纯地分析一个修辞。未来的路，希望我在您的指点与偕同下，能留下一路感动与明媚！

祝老师永远保持十八岁的活力！

第 2 章

哲学思辨

在时间的缝隙里完整思考

我们在钢筋水泥的森林里步履不停,快节奏的生活把时间割裂成块,再在时间的缝隙里进行"碎片化阅读"。当下,碎片化阅读已然变成时代变迁的产物。然而,时间可以被碎片化,思想却不能被割裂。

碎片化阅读可以在有限的时间里创造出较大的可能性,有其合理性。一方面,它打破了时空界限,使知识的传播更快、更广。自称售卖"知识胶囊"的罗振宇,曾用一件事来证明碎片化阅读的影响力。某天,他收到了一张《中国哲学史》的订单,竟来自贵州省偏远乡村的摩托车修理站。订购该书的小伙子说:"我听了你公众号上关于此书的介绍,很感兴趣,我想看一看。"碎片化阅读为那些没有时间、没有途径的人们打通了获取知识的渠道。另一方面,碎片化阅读使时间的利用效率最优、最大化。人们在坐地铁、等电梯的空隙,听一则新闻,上一节管理课,这本身就是一种积极高效的生活方式。即便人们身居斗室,也能在较短时间内,把思维的触角伸展到四面八方。

但是,途径合理不等于内容有益,碎片化阅读的内容良莠不齐,商家为了流量、关注度而大搞噱头。很多阅读往往形式夸张,内容空洞。虽然有些内容对我们是有所裨益的,但碎片化阅读只是获取知识、信息的一种工具,是一种不系统的接收。因此,要想构筑完整的知识体系,还需要在碎片化的阅读中进行完整思考。

有学者曾言:当前横亘在人与人之间的分别,不再是知识多寡造成的"知沟"，而是判断力、思考力所决定的"智沟"。有些东西注定无法割裂，思想一定得是一个完整的体系。这就需要我们把碎片化的知识，拼接成自我的思维世界，再在这个思维世界中培育"自由之人格，独立之精神"。还有，文学经典是无法碎片化的。文学经典正是在如琢如磨的细细研读中才能发现其内在的价值。正如我们无法依靠听"喜马拉雅"来感悟《战争与和平》史诗般的波澜壮阔，也无法凭几篇"推送文章"就发掘出经济运行规律。碎片化阅读难做深、做广，碎片化时代也难出大师。思考力和内容的局限，是碎片化阅读的短板。

　　碎片化阅读终是一种接收知识的工具、途径，它用各路讯息把我们填满，但在思维的世界里却浅尝辄止。而只有把这些"原材料"加工、铸造成自身独特的文化密码，跨越思考力的"智沟"，才能在时间的缝隙里修得完满。

科技触角中止的地方

　　这是一个最亲密的时代，也是一个最疏远的时代。科技的触角张开了四通八达的信息网，我们在"朋友圈"中对他人的爱好、生活习惯了如指掌，却在精神世界里挖出分别，在内心交流中浅尝辄止。我们只接收外界信息，而非感知、回馈情感，这就是科技触角中止的地方。

　　以快到神速的微信为例，现代交流方式最大的优点在于将个人的思想更远、更广、更迅速地传播，而非一对一的私语。人们感觉到从未有的"近"，但又因为过于"近"而产生很多交往的隔膜——"近"得人们失去了交往的冲动和必要。社会学家认为，未来每个人都有"5分钟就成名"的机会，因为科技的触角使信息传播变得如此的高效、便捷！我们习惯于在互联网中夸夸其谈，却在精神的沟通中"尬聊"。

　　科技的触角在情感的深度上难以触及，于是造成了家人、朋友之间的逆交流化。科技使生活节奏越来越快，时间成本越来越高，人们之间的深度交往便也越来越稀有。管鲍之交，高山流水觅知音，千古流传。找到灵魂伴侣要付出虔诚、静谧的心境和大量的时间，而这决不是几条微信消息能替代的。在亲子之间，大多时候家长对"你今天考得怎么样"的好奇大于"你今天开心吗"的好奇。时间成本太高，以至于他们来不及关心孩子精神世界的愉悦，只关心那些"有意义"的事。而孩子往往只让家长走进他们的"朋友圈"，却在内心世界里砌了一堵墙，甚至选择屏蔽家长。拒绝双向交流的原因还源于生活中复杂的追求，学历、升职、薪水、车子、房子……在现实的欲望面前，那些琐碎的交流自然被放弃了。悲哀的是这些微不足道的交流，如"你今天看了什么有意思的书""我昨晚做了个好笑的梦"等，往往才是生活的乐趣。

大数据突破了时空界限，使不可能成为可能。藏匿于大数据背后的我们，乐于评头论足，感受舆论的力量，却羞于表达渴望；善于评论，却不擅体验和参与。但我们可以用深度沟通的慢节奏生活对抗快节奏的生活，在科技触角中止的地方，凭精神纽带链接荒漠化的内心原野。那些人与人之间精神的隔阂，必会在时代的进步中被填平，成为内心交流的广阔天地。

当信息世界与精神世界的四通八达并轨，当思维的广度与深度兼顾，那将是人类文明的高潮。

请蹲下来对话

当孔子站在桥上，俯视趋庭而过的孔鲤，督促他读《诗》、读《礼》，训诫他如何才能"成人"的时候，"东方亲子观"已显雏形。上千年的宗法制，更是顽固地决定了亲子之间难以逾越的鸿沟。

现代社会，尊卑有别、父爱如山的亲子观已然有风雨飘摇之势。我宁愿相信：平等是更好的模式，尊重是双方的责任，请每一对父母都能蹲下来与孩子对话。

平等是第一位的，人人生而平等的原则没有理由避开亲子。家是一个没有心理阻隔的港湾，家人之间应是畅所欲言的，这就要求父母消除等级和地位观念，家不该成为条条框框下的冷酷场所。在这其中，思想和平等就更为重要。家长应意识到孩子伟大的想象力和创造力，在现实、功利的世界中鼓励、保护那份纯真而非打压、不屑。《一条绳索》中的胡安正是由于这一原因才落下毕生的遗憾。而作为孩子，也不能因为一时叛逆而无视父母的教导。每个人都有互相尊重的义务。龙应台与安德烈，曾经一个过度保护，一个强烈叛逆，彼此都感到无奈和痛苦。当母子两人共开一个专栏，记下对对方的感情和日常生活时，不平衡的状态才被打破。两人平等地交流，尝试着心平气和，尝试着打开对方的世界，母子关系也这样被慢慢磨合。要学着打破不平等的"局"，创造一个平等的对话机会。

陪伴，是亲子关系中最温暖的一环。物质支持永远无法替代一个宽厚的肩膀、一段手牵手的散步。但当下，连子女定期回家看父母都要列入法律法规，足以见得陪伴缺失有多么严重。与陪伴同等重要的是"独立"。亲子情感上的依赖，不意味着生活和精神上的依靠。生活中，啃老青年急需自救；精神上，面对人生规划，没有人替你主宰职业选择。但自己的人生道路需要自己好好把握。相互扶持，独立选择，如此才能经营起更舒适的亲子关系。

平等决不意味着"不孝"，独立也不意味着疏远，亲子是要共同走过大半个人生历程的。我们需要在"二十四孝"与"不成规矩"之间，找一个平衡点。

亲子之间，请蹲下来对话，相互尊重，彼此倾听，体会平等的温暖力量。

去坚实的土地探险

未知世界就像神话中女妖的歌声，迷人又危险。神秘又新奇的未知世界让多少人趋之若鹜。成功的探险家名垂青史，推动社会的进步，失败者大多如过眼云烟，只剩一声喟叹。探险本身彰显了人类的勇气，但探险绝不等于拿生命开玩笑。成功的探险背后是周详的计划与充足的准备，每一个成功的探险家必定是踏在坚实土地上的人。

坚实的土地包括生理与心理上的准备。

强健的体魄是挑战极限的资本。贝尔在自传《荒野求生》中描述了他攀登珠峰前的准备。他曾是海豚突击队的一员，在沙漠中负重行军几天几夜，在深海中测试极限。正是走过了这样地狱式的训练，他才有勇气站在喜马拉雅山脚下，挑战自然的残酷。对自我身体素质的高估和与真实能力的差距导致无数尸骨留在了珠峰，迈出挑战的一步就意味着对生命负责，承担一去不返的代价。

心理上"坚实的土地"，意味着精神上的充足准备，既要对身后的世界负责，也要对面前的大自然之神力心怀谦卑。人无法超脱于世外，众多羁绊意味着我们的身躯不仅仅属于自己，还与家人、朋友有关……如果无法抗拒对未知世界的渴望，那么就先安置好身后的世界，再勇敢前行：告知亲友自己的计划，征求他们的意见，设计一切可能性，做最坏的打算，然后踏实地前行。

对自然虔诚与谦卑，也是具备探索精神的前提。众生平等，人与高山、深海从不存在征服与被征服的关系。2004年5个青年骑摩托车飞越长城，造成3死2伤。这不是探索未知，而是无意义地追求刺激与征服世界的感觉，更是对自然与历史文化的亵渎。

从哥伦布发现新大陆，到阿姆斯特朗登上月球，历史的车轮在一次次探索中滚滚向前。它靠的不是一腔热血，而是缜密、成熟的计划，其背后有庞大的支撑体系，有目标，有退路，有备选方案。

脚下是一片坚实的土地，每一步踩得准确、踏实，这才是真正的探索精神，才真正彰显人类的尊严与力量。

何敢特立而独行

时代的洪流裹挟众生，我们都只是一块浮木，而有人在泥泞中扎根，长成了洪流中的芦苇。这些"有思想的芦苇"怎么能又怎么敢保持自身的洁净和完整呢？我认为，是依靠理念、理想和理性。

理念影响着人们的生活状态和行为选择。杨绛在自己最爱的小诗中说："我和谁都不争，和谁争我都不屑。"这是她的"不争"哲学，也是她安身立命的处世理念。因为不争，所以她不管是在英国留学期间，还是在回国后，都远离世事纷扰，与钱锺书一起守着一方自己的小天地，在泥沙俱下的洪流中静静地流淌。她的不争理念源于对生活的理解。哲人有言："生活一旦被理解，它就自动被改变。"像清流般的人，大多都是通达之人，明白世事繁杂而人生有限，除了理念，不争不求。

理想是排兵布阵的将领，一旦有了内心渴求，便无心留意世俗的混沌。李小文、屠呦呦、南怀仁、黄大年……对于这些科学泰斗而言，探索未知是他们的崇高信仰，自然而然地，一切有碍于求知的杂念都应排除。在他们的世界里，没有任何人和事，能污染科学和人格的洁净，杰出的头脑孕育崇高的理想，崇高的理想孕育特立独行的"清流"人格。

但人非圣贤，随着现代化的加速，"快乐至上"的现象使保持自我的洁净和完整变得愈发艰难。而理性，是人类区别于动物的，生而为人的尊严。康德所坚持的"头顶的天空"和"崇高的道德法则"彰显理性的力量。因为理性，我们自觉、自律；因为理性，我们坚持人格之独立，思想之自由。而丧失理性会导致欲望的泛滥。因《悯农》而闻名的李绅，成名后竟挥霍无度；写出《雷雨》的曹禺，晚年因名利诱惑，再未创作出优秀的作品。当欲望挣开了理性的束缚，人格就成了一汪死水。

　　看护好内心的理想，用理念、理想和理性走一条少有人走的"光荣的荆棘路"。无数清流入海，终会造就可怕的深度；可怕的深度才能造就平静的水面；而平静的水面，才能映照群星。

难以对抗时代的利与弊

一个让人可悲又可喜的事实：能在自己身上克服时代之影响的人，少之又少。这个事实既造成了平庸之恶，又避免了以个体的邪恶毁灭世界的可能性。时代的洪流是由人民引导的无数小趋势组成的，它并非单一纯粹而是复杂多元的，每一股趋势后面都有其必然性。

关于弊，一个普遍的认知是"希特勒引发了'二战'"，但其实是"时代引发了'二战'"。熊培云在《慈悲与玫瑰》中写道："能使独裁者走上权利巅峰的，不是统治者的肉眼凡胎，而是那个时代近乎疯狂的民情。"杀死希特勒也无法制止"二战"，因为消灭个体无法铲除社会整体性的危机，希特勒凭一己之力无法煽动那个时代的德国。而造就那个时代的，是之前几年、几十年、几百年的人类历史，塑造那种狂热的，是德国的军国主义传统、英法绥靖主义、凡尔赛体系等因素的逐渐发展演变。这就是时代的不可对抗性，每个人都是雪崩中的那片雪花，存在本身就是大时代的力量，人们慢慢成为群体，狂热地、无目的地向前冲，最终灾难发生的时候，每个人都难辞其咎，每个人都吃到恶果。希特勒是罪人，阿道夫·艾希曼是可悲的，但我们更应发现古往今来"时代"的悲剧性，以及对人压倒性的操纵。

正如电影《希特勒回来了》的结尾，希特勒说："你无法摆脱我，我是你的一部分，我来自你们所有人。"他人性中的仇视、血腥、唯我独尊，在每个人的劣根性中都或多或少地存在，是谓"原罪"。只是这些特质并未在一个时代中被放大。所以，"希特勒不是回来了，而是从未离开"。这也是当今美国重视"白人种族运动"的原因，他们歧视有色人种，坚持白人至上，但这目前只是一个无法与"平权主义"的大浪潮对抗的"种族主义"的小浪潮。只要把握好时代正确的趋势，便不足为惧，这就反过来证明了时代的难以对抗性的利。

关于利，我是坚信无论过程如何曲折，时代的善最终都能战胜时代的恶。所以鉴于良知的人从不孤独，奥斯卡、林肯、耶稣……他们都不是凭一己之力接济世人的，他们只是时代的一个缩影。当置于康德所推崇的"头顶的星空"与"崇高的道德法则"之下，谁都没有撼动良知的力量。

时代由无数个体塑造又影响个体，时代的难以克服性是一种警示而非顺应天命的消极选择。它警示我们：当时代的悲剧发生时，莫做群氓，每个个体都有生而为人的责任；一个人难以对抗一个时代，但一群人齐心协力，一个趋势可以扭转另一个趋势。

星语心事

那是生命的起源，是温热而伟大的存在，是筑起生死的磐石，是注入了喜怒哀乐的旷野，那里尘封着每个普通人最在乎的记忆，那里闪耀着人性的光芒……那是心。

在无边无际的暗黑宇宙中，那微茫渺小的存在，像是缀在黑色幕布上的白花——那是星。

一场梦，一个夏夜，一个小花园。一边是古老的断砖墙，四周是光滑的白石围成的小花床。坐在门前的石阶上，手边的玫瑰红得像火，白得像月光。丰腴的三角梅爬满了小阳台，微凉的空气里，弥散着花香的馥郁和昆虫微弱祥和的耳语。今晚的月，散发着淡淡的白色光晕。头上的夜空，像是隔了一只手就能触到，还有那星，像是静默在暗夜里的渔灯，忽明忽暗地闪烁。那是一朵朵小白花，绽放在夏夜里。

那颗，险些被番红花碧绿的叶遮住的那颗，该是最亮的星吧，空灵、恒定、浩荡、原始……我不知该如何用言语形容这光、这星。你让那群花都黯然失色，使我想伸手去触碰。

夜好静，静得好像昆虫都蜷在花瓣里睡着了，静得仿佛能听到心脏跳动的声音；你静静地牵动了我的心，静静地散发着恒定而久远的光。

我迟疑着，是不是你一直都在这里，几十年，几千年，几亿年。你在这里看群芳吐艳，看生灵涂炭，看这片广袤的土地上，筑起战壕又放起飞鸽，你藏在这深邃的宇宙中，一次次触动着人们的内心，让人们找回迷失的自我，找回迷失的心灵。你用看似微茫的光，感动着人们，让他们领悟自身的渺小，点亮他们心中的信念。你让平凡的心找到梦想，让迷茫的心找回方向，让如死灰的心燃起希望。如果，你曾在意我的凝望，为何旅程匆匆，却听不到你飞驰的脚步？如果，你记住了心与星的约定，为何只是扑闪着迷幻的眼？我想问问你，真想问问你……萤火虫带着幽绿色的光躲起来了，像是娇羞的少女偷听了心与星的对话，一场梦，一个夏夜，一场心与星的邂逅……

寻觅阳光之味

风，是凉的；雨露，是甘甜的；雷电，是骇人的。那么——阳光又是什么味道呢？

当小屋里迎来第一缕阳光时，当正午炙热的太阳在头顶炫耀着自身的火热时，当这颗火球在山的那头缓缓进入梦乡时……这个看似简单的问题一直困扰着我：阳光的味道是怎样的呢？

阳光来自那颗遥远而又耀眼的恒星——太阳，其实它对我们来说并不陌生，几乎每日，它都悬挂在我们发际，嬉戏在我们掌间，流连在我们的目光中。阳光，这个精灵，时时相随，却又捉摸不定。日复一日，我更是想要寻觅阳光的味道。

在一个春暖花开的日子里，阳光柔和地照在脸上，我信步来到我的"百草园"——校园试验地。一阵欢笑声吸引了我，是几个低年级的同学，用乱石阵埋起了一只被捕获的小蜜蜂，同学们听到它无助的"嗡嗡"声，便嬉笑着走开了。我本能地推开一块石头，目睹它逃生的过程：当一丝阳光照进石缝，"囚犯"的翅膀更加迫切地震动起来，寻找着阳光的源头，不一会儿，蜜蜂便对通光口进行攻击，它用尽全身力气凑出半个头来，再用力把石子推开，当发现这仅仅是徒劳后，它便蜷缩着肢体，想从小洞里钻出去。当它快要成功时，它的一条腿夹在了石头缝里。我仿佛感到了它的疼痛，心也跟着揪起来，它会退缩吗？但有一次，它仰望蓝天，阳光照在它的脸上，它的眼神变得烁烁闪光，它顾不了那么多了。是要自由，还是避开疼痛？明显，它选择了前者，它缩成一团，用最大力气把身体抽了出来，可是一条腿却永远夹在石缝里了。从石缝中挣脱的一瞬间，我看到它画了一条弧线，快速地冲向蓝天。也许，它永远无法成为一只健全的蜜蜂了，但它会快乐、自由地生活下去。

花儿需要阳光照耀，才能开出最亮丽的花朵；小树需要阳光照耀，才能茁壮成长。然而，那只小小的蜜蜂，阳光让它想起了蓝天，想起了自由，想起了过去的美好时光。是啊，这不就是阳光的味道，生命的意义吗？这不就是生命之源的阳光吗？这不就是我苦苦寻觅，但却时时陪伴的阳光之味吗？

身边一张张简单、纯真的脸庞，都是年少的模样，浑身散发着阳光的味道，炙热而飞扬。我们都是阳光少年，伴随着阳光一起成长。我们已经知道，不是每一次飞翔，都有彩虹在身边护航。人生总要风雨兼程，得先学会淋湿翅膀！阳光总在风雨后，那是成长的力量；阳光，总是雏鹰的向往，阳光照亮起航的方向。一起来吧！编织花样的梦想，寻觅阳光的味道，洒下崭新的希望！

教育是找一条回家的路

教育是找一条回家的路，一条归宗溯源、回归国学的路。这绝不是所谓的思想倒退，而是在心底建一座心灵家园，打下精神的根基，是在师友、先哲的影响下，把握传统文化的精髓。只有这样，你才能无所顾忌地去拼、去闯。因为你知道，心底有一条使人安定的归途，此心安处是吾乡。

济慈、雪莱、莎士比亚……西方文化的确无比璀璨。但在中国文化中流的是中国人的血，中国文化更能激荡起中华儿女的心。儒家的仁爱、道家的无为而治、墨家的兼爱非攻……这些思想之所以能穿越千古，是因为其中蕴含了为人处事的哲理与对生命的思索。而现代人往往忽视了其重要性，我们仿佛更看重分数，而丢失了真正本源的东西。

我们是否应从近代大家那学点什么，以平衡中西文化对青年的影响？梁思成在家庭的熏陶下，体悟中华文化的博大精深，从而萌发了记录中国建筑史的念头。作为一名中华少年，即便不把中国文化作为毕生研究的学术内容，也要把其视作心底的信念、一个归处。反观当下，我们不仅没能好好地汲取传统文化中的君子之德，还常常把文字视作诋毁同学、随意开玩笑的工具！我们是否应该觉得"惆怅有所失"呢？

找一条回家的路，这个教育过程很漫长。而只有真正有所意识，真正意识到中国文化的宝贵价值，我们才能找到安定之所。

第 3 章

快乐学习

* 书籍是主食，历史是饮品，诗词是甜品。

我写自己

中国申奥成功的日子，我来到这个可爱的世界，所以，我被取名为"吴奥琪"，我很希望您能记住这个传播快乐与梦想的名字！

我是一个开心果，在学校是同学们学习的好榜样。我有着李白一般的乐观豪放、苏轼一般的好结四方友、项羽一般的执着……

我喜欢写作、弹琴、唱歌等，我还是一个爱"吃"的女孩：书籍是主食，历史是饮品，诗词是甜品。我的作文多次见报，唱歌、演讲多次获得省、市、县级比赛的好成绩！但我知道，"谦受益，满招损"，我一定会更加刻苦地学习。

刚过去的这个暑期，我的生活也是丰富多彩：我读了《老残游记》《根鸟》《羊脂球》等经典名著，还与爸爸一起品味了中华诗词的精粹。每天晚上，和爸爸妈妈一起出去散步是家中必不可少的活动，在散步时，我与他们交流每天的学习体会与心得。在暑假最后几天，我学会了照料家人，知道了妈妈做家务的艰辛，懂得了只有接受的人生是苍白无力的，只会接受的人是懦弱无能的！面向未来，我要更加努力，成为绚烂星空中夺目的那一颗！

全国荣誉：

2018 年 第十六届"叶圣陶杯"全国中学生新作文大赛 优胜奖

2017 年 第十二届全国中小学生创新作文大赛初赛 三等奖

2017 年 第十五届"叶圣陶杯"全国中学生新作文大赛 优胜奖

省级荣誉：

  2017 年　浙江省"书香家庭"

  2017 年　"中华杯"全国中学生写作大赛　二等奖

  2017 年　陕师大"中华杯"全国中学生写作大赛　一等奖

  2016 年　全国中学生英语竞赛　三等奖

  2012 年　浙江省中小学艺术节　一等奖

  2012 年　浙江省首届合唱节　三等奖

  2012 年　超级童声暨第十届中国少年儿童卡拉 OK 电视大赛　浙江赛区
    儿童 E 组二等奖

市级荣誉：

  2013 年 4 月　中央电视台"希望之星"英语风采大赛　湖州选拔赛中表
    现突出进入复赛

  2012 年 10 月　超级童声暨第十届中国少年儿童卡拉 OK 电视大赛
    湖州市区二等奖

  2012 年 5 月　湖州市中小学生艺术展演　一等奖

  2012 年 2 月　湖州中小学艺术汇演　一等奖

  2011 年 1 月　入选湖州"书香家庭"

县级荣誉：

  2018 年 9 月　德清县"文明迎地信, 我为美丽德清打 call"英语演讲比赛
    一等奖

  2013 年 1 月　德清县中小学首届"授受知识, 启迪智慧"读书征文比赛
    一等奖

  2013 年 1 月　第十三届"中环杯"思维能力训练活动选拔赛　六年级组
    三等奖

2012 年　德清县中小学文艺汇演　一等奖

2011 年　德清县中小学文艺汇演　一等奖

学校荣誉（主要）：

2018 年　德清高级中学运动会 800 米　第二名

2017 年　德清高级中学运动会 800 米　第二名

2014 年 11 月　华盛达外语学校《中学生天地杯》比赛　一等奖

2012 年 5 月　"快乐阳光"省少儿卡拉 OK 选拔赛（德清赛区）　最佳表演奖

2012 年 4 月　德清实验学校"我身边的雷锋"讲故事比赛　一等奖

2011 年 5 月　"我的读书故事"征文比赛　二等奖

2010 年 4 月　"争做地球小卫士"演讲比赛　三等奖

【父亲寄语】　书籍是主食，历史是饮品，诗词是甜品

　　人最难的莫过于了解自己、超越自己。孩子的自我成长，就是一个逐渐提升自我、发掘自己潜能的过程。本文中孩子对"快乐学习"的感受，很阳光、很真诚、很正能量。例如："我是一个开心果""我有着李白一般的乐观豪放、苏轼一般的好结四方友、项羽一般的执着……""我还是一个爱'吃'的女孩：书籍是主食，历史是饮品，诗词是甜品。我的作文多次见报，唱歌、演讲多次获得省、市、县级比赛的好成绩！但我知道，'谦受益，满招损'，我一定会更加刻苦地学习。"

　　时光，就像一条不可能逆流的河。几乎所有的人，都想回到本真的人生状态，那个时候，学习是出于对快乐的需要，是出于对快乐的追求！

往事越千年

——我读书、我快乐、我成长

读书是一种享受，那感受犹如你在品尝鲜果一般，不忍一口吞食，而应细细品味，才能悟出滋味。读书时，你不必像古人般悬梁刺股，你可以坐在一方小桌前，摆一杯茶，翻开书，那历史的千年往事，仿佛就在你的眼前，享受"往事越千年"的愉悦，真是怡然自得！

我是书籍的忠实"粉丝"，我特别享受读书的快乐，从小时候的《唐诗三百首》《童年》《钢铁是怎样炼成的》等，到现在的《威尼斯商人》《春》《西游记》等，都让我沉醉其中，并让我对当时的历史背景产生了浓厚的兴趣。《威尼斯商人》中安东尼与巴萨尼奥的友谊、《女巫》中小男孩的坚强、《聊斋志异》中的神奇小故事、《三国志》中恢宏的历史场景、《水浒传》中的仗义与阴险……历史人物，跃然纸上。

古人云：行万里路，破万卷书。我喜欢文字类的书籍，它们是"会说话"的书籍。我更喜欢走出家门，阅读大自然给我们的一本本"无声的书"，它们无声无息地存在，却传播着文明，传播着人类进取的精神。

每逢假期，爸爸妈妈都会带我外出旅游，或考察古建筑，或看海，或看松。当我眺望圆明园的残柱，历历往事仿佛就在眼前，心里不禁泛起愤怒与惋惜。听！它在倾诉：千万不要忘记国耻，要振兴中华！参观陈望道故居，这里曾走出一位复旦大学的校长！造访双龙洞，那洞里美丽的自然风光，像是在自豪地说：看，这美丽的景象，可是在大家的保护下才得以保存至今的，要保护大自然哦!

　　江南建筑的典型代表——义乌八面厅,是让我记忆深刻的一本"书"。在考察八面厅之前,我们对历代建筑的特点、中外建筑的不同、国家文物保护制度等,都做了一些了解。带着问题与期待,我们参观了八面厅。只见这一古建筑,布局合理,雕刻堪称一绝:《三国演义》、《西厢记》、八仙过海……很多历史人物被雕刻得栩栩如生。曾经也有人想要破坏这里的古建筑,但在有心人的机智劝阻下,八面厅躲过一劫。历经200多年风霜的它虽然略显沧桑,却显得那么独特、那么珍贵!

　　一本好书,能使人气度高雅,教你尊重别人,也尊重自己;

　　一次高质量的阅读,可以鼓舞你去热爱生活,美化生活;

　　一次有收获的社会考察,犹如在你心中种下一粒能开出不败的鲜花的种子,永远散发着迷人的香味;

　　一次与朋友的共享阅读,就像在彼此的心中开满不败的鲜花!

　　往事越千年,我结合历史读书,在读书中成长,在成长中感受快乐。在这不败的鲜花丛中,我快乐地成长,这花儿的香味让我永生难忘!

【父亲寄语】　行万里路，破万卷书

　　董其昌《画旨》中有"读万卷书，行万里路，胸中脱去尘浊，自然丘壑内营"之句。课本学习与游历学习，应该是学习的两个车轮，快乐学习，应该注重这两个方面的学习，科学安排好出行游历计划。从小到大，我们走过的名山有莫干山、黄山、富士山等；古迹有圆明园、长城、白帝城、黄埔军校、百草园、三味书屋等；名城有中国西安、重庆、广州、延安、武汉，日本大阪、奈良等。游历注重节俭原则，尽量选择自助出行，既可以学习，又可以放松心情。将课本上提到的知识点，与现场的感受相结合，再与孩子进行交流。通过这样的方式，很多知识点，就成为一个体系，成为孩子自身对社会、对历史的认知，这对培养孩子的家国情怀是非常有益处的，是课本学习不可代替的。很多课本知识是"优术"的层面，只有通过参与社会、了解社会，将两者结合，对孩子才会有"明道"的作用。

童年的色彩

童年是美好的，它散发出吸引人的光芒，让人时不时地回忆那美好的时光。对于我来说，童年有五彩的颜色，让我难以忘怀。

童年是耀眼的大红色，是一位调皮的红色精灵，带我回忆童年玩耍的趣事。小时候，我喜欢在莫干山上捉蟋蟀，常常跟着蟋蟀一跳一跳的，像只青蛙一样。有一次，我捉到一只很大很漂亮的蟋蟀，刚把它放进一次性杯子，它却头也不回地跑掉了，我当时那个急呀，连忙追着它。蟋蟀"扑通"一声，跳进草丛里，我在草丛里仔细寻找，哦，我好像抓到它了，没想到"吱溜"一声，它又从我手边溜走了。现在想起这些情景，我还常常笑出声来。

童年是幽暗的紫红色，是一位爱捣蛋的紫色精灵，带我回忆童年捣蛋的经历。记得那是上大班的时候吧，我不懂事，在教室的地板上弄了好多肥皂泡泡，走上去挺滑的。刚刚进来一位女生，不小心踩到这些"地雷"，"扑通"一声，是地雷爆炸了吗？不，是小女孩摔倒了！呵呵，有些同学笑了。我内疚地过去，扶她起来，向她道歉。

童年还是淖淖的天蓝色，是一位多愁善感的蓝色精灵，代表着童年那纯洁的友谊；童年是华丽的金黄色，是一位快乐的黄色精灵，代表着童年的珍贵记忆；童年还是淡淡的草绿色，那是生命的颜色，代表着无限的生机。

童年，那五彩的记忆，像一颗五彩的棒棒糖，常常让我在回忆中感受到甜蜜的醇香。此时此刻，停下笔，闭上眼，回忆的演出开始了，一件件童年的趣事犹如放电影般浮现在我脑海，童年的精灵在呼唤我、呼唤我……

飞

古往今来，人们面对飞翔的鸟儿和辽阔的天空，时常想：鸟儿在空中能自由地飞翔，那么人模仿鸟儿的动作，是否也能飞呢？为了实现这个理想，人们创造了许多在空中飞翔的美好传说，这些传说，证明人们在古代就有了美好的幻想，希望有一天能冲上云霄。

有理想，就会有实现，有不少古人甘愿冒险，大胆进行了实验。最早实验的是我国古代哲学家墨翟，他是一个飞翔的爱好者，达到痴迷的地步。他把自己的理想寄托在最早的风筝——木鹞上。可惜中国最早的风筝，只成功飞行了一天就坏了。但是，墨翟在向往飞翔的人们心中埋下了一颗永不放弃的种子。直到1903年的冬天，美国莱特兄弟重新萌发了这个幻想！由哥哥驾驶的名叫"飞鸟"的飞机试飞成功了！这开辟了人类航空事业的新纪元，让人们对天空、对飞翔更加渴望。

在21世纪的今天，人们不乏对天空有所想象。人们通过飞机、火箭等工具去探索那些未知的空间。

我想：如果我能飞，我会飞向金字塔，与法老进行谈话，了解金字塔背后不为人知的秘密。

我想：如果我能飞，我会飞向外星人的宫殿，与他们进行秘密的交谈，在地球人与外星人之间建起一座友谊的桥。

如果我能飞，我会飞向天空与太阳，谢谢天空为我们提供雨水，谢谢太阳给予我们阳光。

【父亲寄语】 关于飞翔

　　在我童年的回忆中，我是这样记住方向的：我家村子古庙背靠的山峰是北面，村子后头常去"打仗"的栗子林是东面，小河对岸常常看到夕阳慢慢落下去的山峰是西面，小河流去的山谷方向是南面。东、西、南、北，四面都是山，村子上方的天空，就是我想象飞翔的巨大画卷。有时候是晴空万里，白云下能看见爸爸在最远田野劳作的身影；有时候是红霞满天，像极了仙人在上面腾云驾雾。我经常对着天空发呆，想象飞翔的好处，天宫的美好……到了读初中，我才开始质疑大人关于"神仙""飞天"的说法。

　　很宝贵，孩子记录下她对飞翔的想象，她说："如果我能飞，我会飞向金字塔，与法老进行谈话，了解金字塔背后不为人知的秘密……"

　　记录与感动，有时候只需要一点点的时间，只需要蹲下来，耐心地倾听。

童年美食

一间香味迷人的厨房里，有一个身上沾满油污的老厨师，正在往大汤锅里放着不同的食物。那是什么？告诉你，那就是我的"童年美食"。老厨师面对我笑了笑，为我端上了一碗属于我的"童年美食"，那汤碗里的每一种配料，都讲述着我一个个有趣的童年故事。

我最先看到的，是漂浮在汤上的几片葱，它们刺鼻的味道，让我想起年幼时与同伴因为一件琐事吵架的情景。因为双方都不肯退让，所以造成了我们至今都不能和好的悲剧。是啊！退一步海阔天空，我怎么就不明白呢？

接着我尝到了冰糖的味道，它让我想起甜蜜的往事：我的演讲获奖了，我拿了满分，我得到一个宠物……

最让惊异的是，我竟然在里面尝到了苦瓜的味道！难道是上次我被妈妈误解的事吗？对啊，那件事至今让我记忆犹新，我完成了妈妈嘱咐我做的数学课外练习，但许多题目只写了答案，没写过程。妈妈生气地说我抄袭了答案，这让我伤心透了，这可是我用心做出的成果呢！失望溢进了我的心，让我不顾一切地和妈妈争吵起来。现在回想起来，好像是自己错了，如果我再用心一些，把草稿纸上的过程抄上去，妈妈就不会斥责我呀！

这碗童年美食，酸甜苦辣，味味俱全。它们承载着我美好的童年，这一点一滴，都值得我去珍藏、去回味……

上学的路，一路芳菲

每天早上狼吞虎咽地解决早饭，快速地抬头看一眼墙上的挂钟，拎起书包把脚套进球鞋，电梯下降的时间刚好是我系好鞋带的时间。

这，便是我上学时"战火纷飞"的早晨序曲。

当我走出单元楼玻璃门，进入小区的花径，第一缕晨曦的温暖，仿佛总是一天中第一个温暖的拥抱。

柔和的阳光轻轻地融进眼里，丝毫不觉得刺眼，那带着淡淡花香的光线，为我"战火纷飞"的早晨印下了暖暖的味道。抬起头，被由一层淡黄色的光带围绕着的垂丝海棠吸引，它迎风摇曳着。春暖花开的气息，怎能不让我驻足观望？这沁人的花香，怎能不让我以迟到的代价去换？迎着温暖和煦的春光与沁人心脾的花香，我慢慢地走着。

怒放的玉兰，紫的热烈，白的纯洁，那偌大的花瓣在树梢间绽放。在清澈的阳光映射下，每一片光洁的花瓣都能清楚地看到"血管"，那生命的纹路点亮了它们粉黛佳人般短暂的芳华。每每看到花瓣在风中旋转着掉落，最后铺满树根，或者被过往的车辆碾压，内心不免惋惜、遗憾；每每看到花瓣粘在地上，不消一天，便慢慢泛黄，总会让人感到丝丝哀愁。然而逝去，是为了更好的新生；抬眼望，花蒂掉落的枝头，绿叶已经迸出。满树的生机，怎么也遮不住。

如果可以，我想把时光凝固在这一刻，沐浴着春光，享受路人眼角自然的沉醉；与和我一样早起的画眉鸟对唱，不用去想那堆积如山的作业，不用在每一个上学日的早晨，匆匆忙忙地赶去学校做值日。每天浸泡在这春暖花开的小径上，目睹这短暂而热烈的"生命交响曲"。

东风吹，百花次第盛开；上学的路，一路芳菲。

我的地坛

如果要寻找一处安静的地方，那就是我的地坛。

那儿，必须是一个零噪音、零污染的地方，没有街头的车水马龙，没有闹市的人山人海，更没有化工厂的恶臭和毒气；那儿最好还是一个"雅"的地方，不需太别致，只要一方石凳、几株朴雅的古树，岂不妙哉？

设计好了环境，我便要进来了：迈着坚定的步伐，或是犹豫的小碎步，又或是轻快的步子，走进地坛。淡淡的桂香，沁人心脾，踩着梧桐树火红的落叶，径直走到那方石凳旁，用衣袖拭去鹅黄的花瓣儿，坐在微有凉意的石凳上，望着落叶发呆。这一刻，我可以和史铁生一样，独自坐在只属于自己的地坛里，思索着生与死的奥秘，还可以看着天空中飘过的一朵祥云，做着我的黄粱美梦。

还记得上次的数学考试吗？坐在石凳上的我忽地站起，愤慨激昂地捶打着四周年迈的墙壁。还有那次，我比赛获了奖，我在石凳上，激动不已，一会儿坐下，一会儿站起，与飞过的蝴蝶共"舞"，与树梢上的鸟儿同"唱"，直到一切恢复平静。或是拿一本我钟爱的小书，找一个惬意的角落，坐下细细品味。当整个世界都安静下来，只剩你在看书的时候，你是否体会到了一本好书的境界呢？再想象一下，我手捧着一杯香浓的茶，看着落花之美，细细呷上一口，茶虽不出名，却芳香四溢。这个时候，你是否也感到了"清心"的境界？朋友，哪里又是你的地坛呢？

若世上真有一处这样的圣地，那便最好；若是没有，倒也不必伤感，只要这"宁静致远"的态度存于我们心中，便足矣！

"我想，那就不必再去地坛中寻找安静，莫如在安静中，寻找地坛。"史铁生如是说。

我并非一个内向的女孩，我也有安静的一面。

【父亲寄语】　你在意孩子的"地坛"吗？

华盛达学校的校园并不大，还借了德清高级中学的操场。两个校园的"共享空间"，成为孩子课外活动的天堂。紧张的课堂学习后，孩子一定会对学校的某个角落特别有感觉。在看了史铁生的《我与地坛》之后，孩子写了本篇《我的地坛》。其实每个人都有自己"内心的花园"或"地坛"，可能是现实中具象的，也可能是自己想象中虚构出来的。在孩子营建自己个人的"地坛"时，作为大人也应该时时提升自己，在自己与孩子的"地坛"中，多种下玫瑰，少种下荆棘。当我们与孩子在"精神地坛"的花径中相遇时，彼此问候："孩子（父亲、母亲），你好！"

我想飞得更高

两百年前，有一匹叫黄骠的烈马，是陈连升将军的坐骑。当年，士兵们驯服它的时候，去其力，夺其劲，困其身，它依然不肯低下头颅……想想那滴着鲜血的马鞭，被鲜血染红的马厩，是的，它不甘做一匹拉柴载客的农马，它渴望扬蹄奔行，甚至战死沙场。不过在我眼中，成为一匹飞得更高的天马，才是它真正的使命。

"飞得更高！"当年燕雀，不就是因为不知鸿鹄之志，所以至今都未曾见过鸿鹄翱翔在东海之上；它只会躲藏在树梢间，寻求温暖的小巢，在方寸天地中自我陶醉。如此狭小的格局，怎能容得下鸿鹄的冲天大志？

花盆里长不出苍天大树，鸟笼里飞不出雄鹰。

我也常想飞得更高，我也常想飞翔在自己的天地中。可谁知道，冲天的雄鹰需要忍受多少个风雨交加的夜晚，经历多少次鲜血淋漓的挫折，最后才能在高空中雄视这个世界。

谁不想飞得更高？可是谁又能飞得更高？！多少人止步在离翱翔只差一步的地方，多少人在"成雀"或"成鸿鹄"的徘徊中慢慢衰老。最主要的，是因为怕了、怯懦了、恐惧了。

我要飞得更高，飞得更高，像狂风一样呼啸……

【父亲寄语】　快乐入学第一步——为班级冠名

　　记得一年级，当奥琪进入美丽的德清实验学校学习时，班主任方老师请大家为新班级提供祝福语。我和奥琪一起琢磨，想了较多的方案后，我们把祝福语确定为："快乐学习、快乐生活、快乐成长。"祝福语简洁、响亮、阳光，最后有幸被录用为108班的班级格言，班级也冠名为"快乐星星班"，我们的快乐教育迈开了第一步。

　　大厦不是一天造就的，孩子的教育需要生活中点点滴滴的积累，这个过程犹如春雨"随风潜入夜，润物细无声"。在日常中进行教育，在亲子的互动中完成教育，"说教成分"不明显的"无痕教育"，有时候是最好的形式。

面对逆境，勇往直前

——《神秘岛》读后感

这是一个讲述勤劳和友情的故事，这是一个从一无所有到衣食无忧的故事。

1865年3月23日，太平洋上一个飘飘欲坠的热气球载了五个身手不凡的北方人，他们是联邦参谋部的史密斯、史佩莱、黑人纳布、水手潘克鲁夫和男孩赫伯特。他们被风暴吹到了一个太平洋的荒岛上，在没有任何工具的帮助下，依靠科学知识和集体劳动，克服重重困难，从赤手空拳到制造出陶器、风磨、电报机……几年后，他们把小岛建设成繁荣富庶的乐园。但好景不长，岛上的火山爆发了，火山喷发导致了孤岛的沉没，最后的危机时刻，尼摩船长在死前仍助了他们一臂之力，把他们安全送回了祖国。

这四年里，他们紧密团结在一起，过上了幸福的生活；这四年里，他们从未抱怨过，用双手劳动，过上了"欣欣向荣"的荒岛生活。因为他们相信自己的力量，相信团结的力量。文中，史密斯曾经说过一句话，至今让我记忆犹新："就算已经没有成功的希望，我们也能够接受任务，坚韧不拔。"是啊，他们在一次次的苦难中绝处逢生，当他们面对一次又一次的逆境时，选择的不是放弃，更不是逃避，而是无所畏惧的勇往直前！

反观生活中的我，有时会为了一次成绩而沮丧，有时会在面对一些困难时后退。记得那次，我步行在路上，看到一个黑影在石桥的那一头若隐若现，只听那一头传出几声犬吠。啊！那不会是一条狼狗吧？我慌极了，循着声音的方向望去，我判断那是一条体型高大的野狗。想起报纸上一个个触目惊心的事例，我唯一的念头是：逃，快逃！我慌忙地向后逃去，一回头看见那只狗一直在追着我。在灯光的映照下，我看清了那只是一条不满周岁的小狗。慌乱之中，眼前的困难被"放大"了！我自嘲地笑了笑，想起刚才的心惊肉跳，不由得感到自己很怯弱。荒岛上无所畏惧的英雄形象，仿佛出现在我眼前。

　　天道酬勤。工程师和他的伙伴们，用勤劳的双手让荒岛上的一切都欣欣向荣的感人事迹鼓舞着我，他们面对逆境、勇往直前的精神，值得我永久珍藏！

读毛姆的文字

——悲天悯人的现实主义者

初读毛姆的文字，我非常不适应。他坐在你面前侃侃道来，从容不迫，即便是揭示人性与社会的黑暗和丑恶，脸上也不曾流露一丝悲哀和惋惜，而是冷静、客观，甚至挑剔。

也许悲天悯人的大多是浪漫主义者，譬如"安得广厦千万间"的杜甫，或是"哀民生之多艰"的屈原，抑或是历史上许多爱民如子，进亦忧、退亦忧的知识分子。他们为拯救天下苍生而涕泪满襟，奔走呼号。而毛姆最初给我的感觉，就是"他只是个讲故事的人"。他如鲁迅一般毫无保留地揭示黑暗，却不似鲁迅那般是个斗士，他是一个冷漠且理智的旁观者。

在我读过的毛姆的几篇文章中，那些让我似懂非懂的情感，有的如当头棒喝，有的又意味深长。它们隐隐地告诉我：也许一个现实主义者冷静客观的悲悯情怀，比那些慷慨激昂、仰天长啸的声音，更有震撼人心的力量。他不善于讴歌真、善、美，因此他的作品中大多是各式各样的性格阴暗的人，《患难之交》中阴险无情的伯顿，《风筝》中附庸风雅、故作清高的桑伯里太太和愚昧粗俗的贝蒂小姐，《午睡》中"坑钱敲诈"的"粉丝"读者，以及那些处于道德灰色地带，有着不同世界观的人。

毛姆作品中的人，有的畏惧挑战，懒于实现自身价值、超越自我；有的满足于平淡安逸的生活；有的狂热地追逐理想……毛姆把他们都拉到太阳底下晒晒，交与世人去评判。也许这就是毛姆——一个现实、理智的作家，关心社会的方式。他把阴暗与丑恶都悉数记下，因为只有正视人性之恶，认识自我之丑，才是最尊重生命的举动。尽管鲜血淋漓不堪入目,但是只有真实,才有拷问人心的力量。他只纪实,只揭示,不同情。

悲天悯人的人有两种,第一种具有号召力,但是第二种更为无私:他把故事讲给所有人听,有人误解,也有人不屑;他将正视阴暗、救赎苍生的精神力量,只交给懂他的人,他的话语冷漠尖酸,但心却敏锐且富有情感。

孩子，你慢慢来

"我，坐在斜阳浅照的石阶上，望着这个眼睛清亮的小孩专心地做一件事。是的，我愿意等上一辈子的时间，让他从从容容地把这个蝴蝶结扎好，用他五岁的手指。孩子，你慢慢来，慢慢来。"

碾过大片大片的红色梧桐叶，华安妈妈骑着黄色自行车和黄色座椅里的宝贝说着："小桥——""小桥——""流水——""流水——""人家——""鸭鸭——" "西风——""蜜蜂——""瘦马——""狗狗——妈妈你看，狗狗……"

比起《目送》中道不尽的辛酸，我更喜欢看《孩子，你慢慢来》。喜欢这个眼睛清亮、未谙世事的孩子，喜欢看他把刚刚买的新牙刷塞到一个树干的洞里，喜欢看他把泥土塞满爸爸的球鞋……妈妈教他怎么叫"人"，他却教妈妈什么是"人"。他是一个带着牛奶味道，把小汽车丢在马桶里，又把它们捞出来的孩子；他教会妈妈什么是"鹊巢鸠占"；教会妈妈"安安快乐，妈妈会快乐，妈妈快乐，爸爸会快乐"；教会妈妈"妈妈的眼睛里有我"。

孩子懵懵懂懂，却折射着人之初的清澈与伟大。

书中，在两个孩子很小的时候，龙应台就告诉了他们孩子是从哪里来的这一问题，没有像很多父母一样说是从垃圾桶里捡来的，或是从石头缝里蹦出来的。关于性的教育是十分重要的，告诉孩子这一方面的知识，并不是难以启齿的事情。那些我们从小就耳熟能详的童话，她也发现里面有不少死亡或杀人的血腥。她认为，《水浒传》里头绿林好汉做的事情，不适合告诉孩子。因为孩子对世界好奇，对是非懵懂，我们完全不知道他们会做出什么模仿。

这是一本育儿书，记录了一位新手妈妈在孩子会说话时的激动，面对孩子"十万个为什么"时的无奈，孩子调皮捣蛋时的气急败坏……同时她也十分智慧地处理了孩子的教育问题。书中提到安安把放学回家十五分钟的路变成了一个多小时，作为妈妈自然十分担忧，但是她却选择跟在孩子身后来观察安安回家晚的原因，事实证明他真的只是走在了放学回家的路上，孩子并没有说谎。这也是一本适合孩子阅读的人生之书。书中关于安安的故事，也是我们小时候经历的事情。那时候的懵懂无知、童言无忌，是妈妈心中不会忘却的美好记忆。我们可以发现"妈妈也是第一次做妈妈"，也许做得不好，但并不妨碍她成为一个好妈妈。就像妈妈小时候在后面追你不是真的追不上你一样，长大之后才明白妈妈的不舍与良苦用心。

孩子，你慢慢来。妈妈可以坐在这里，等夕阳西下，等时间带着奶味肆意流淌、倾泻。妈妈看你哭、你笑、你吵、你闹、你爬、你叫，你刚站起来又一次摔倒，你眨动着圆滚滚、清亮亮的眼睛，你笑着告诉我你要嫁给王子，真好！

"我和弟弟是天上的天使，是上帝特别送给妈妈的礼物。"安德烈说。也许，是在妈妈安静的潜移默化下，在妈妈"故乡的思维方式"——自由、理性的引导下，他才会成为"小树一样正直"的安德烈吧！

——孩子，长长的路，慢慢地走。

世间至美

——读《边城》有感

湘西，湘西总是沈从文心头挥之不去的梦，梦里尽是大把的虎耳草；深一竿、浅一竿的渡船；萦绕在青山绿水间，少女心头悠长的歌声；还有那个如一头小鹿般，背着背篓的姑娘翠翠……她是人间至美。

翠翠是我眼中至美的姑娘，她自然而不加矫饰，一颦一笑间，让你感到万山青翠、万水柔美。她会一下子羞红着脸跑开，怀着最朴素纯真的善意；也会有最真诚动人的情愫，与青山相对，扣动最柔软的心弦。她的少不经事与纯真可爱，是沈从文传递的至美女性的一个剪影。

其实，沈从文用这个全新的视角，传达了承载于整个小城的真、善、美。这才是最深刻的人间至美。作者塑造了一个邻里和睦、安居乐业的大同社会。任凭时光流转，都可以让人在作品中忘却纷繁复杂的生活，寻觅到人间至美，品味最朴实却最有力的情感。越是朴素无华的美好，越有使人平和的无尽力量，这份纯美，造就了这幅水墨画，久远地温暖人心。

【父亲寄语】 决心的力量 世间至美

这周我感触最为深刻的，便是课本剧《边城》的表演。不论是台词的背诵，还是道具的准备；不论是精致的画报、具体的细节，还是位置的处理与安排，都比上次好了许多。而推动我们改变的原因是——决心。

表演前，我们四人"夸下海口"，说一定要好好地表演这场戏。之后准备与排练便紧锣密鼓地展开。作为编剧，我看到繁重的作业压得大家喘不过气，也想过敷衍了事。但想到上次表演的惨状与四人一起立下的决心，我突然意识到我们每一个人的工作认真与否，都决定了最后表演是否成功。

事实证明，决心的力量的确是巨大的。一次态度的转变，一次从内心发出的强烈的、想把一件事做好的欲望，让我们有了显著的进步。默契的合作，给了我们四个人一份满意的答卷；而这决心的力量，将成为我们的韶华。

父亲的评语：《边城》，薄薄的200页，因为清丽的文采、感人的情节，吸引了孩子开展课本剧的表演。孩子们上网买衣服，制作精美的画报，多次排练，最终获得学校课本剧表演二等奖的佳绩！快乐校园、快乐课堂、快乐学习，这些快乐而富有意义的经历将构成孩子高中回忆的底色！

新的路

——读《家》有感

　　高公馆就像一片看着肥沃，实际腐败溃烂的土地，滋养着上上下下几十口人。在这片压抑的天空下，既有抱着青春理想，盼望通过五四运动改变现状的觉民、觉慧，也有委曲求全、怯懦顺从的大哥觉新。而上一辈，则有勾心斗角、口是心非的男男女女，最高处是封建大家庭、专制的象征——"老太爷"，他代表的是一个时代，带着凛然不可侵犯的神气。有时候我会怀疑，觉新是不是已经死了。然而，他却一直活着，活在新旧势力的冲击下。他不说一句反抗的话，也没有反抗的思想，带着作揖主义和无抵抗思想，傀儡般地走在路上，最终死了妻又死了子。然而走在抗争一线的新青年觉民、觉慧、琴等人，该如何描述呢？他们为了追求个人理想，反对旧思想、旧礼教，他们是高家无尽的暗夜中闪烁的星辰。

　　青年的觉醒，是我所敬佩的。琴代表着资产阶级大家庭中的新女性，有新知识、新理想、新观念。她主张剪发，在遭到母亲的嘲讽后却越战越勇。看到她，就好像看到了一条路，一条很长很长的路，上面浸泡了无数女子的血泪，这条路几千年前便修好了，这些女子被人用脚镣拷住，被驱赶着上了这条路。起初，她们盼望有人把她们从这条路上救出去。不久以后，她们的希望就破灭了。她们发现，唯有自救才是最后也是最光明的路！

　　透过历史，一路看来，这条路不知断送了多少女子的青春，也不知埋葬了多少令人肝肠寸断的过往。那些女子流尽了眼泪，呕尽了心血。琴不甘心，要挣脱，她要为后面的姐妹开辟一条新的路！她不走那条幽暗隐蔽的死路，她要做一个人，一个像男人一样的人，她要走新的路！不管她最后有没有成功，经历过血和泪、痛与苦的过程就是成长。旧势力在挣扎，新势力在壮大。新势力一定会成功，因为她代表的是一群有胆识、有魄力，勇敢而可爱的新青年！

正如巴金所说："青春是永远美丽的东西！"

【父亲寄语】 快乐学习历史

学习历史，可以和文学、地理有机结合。为了增加对历史的感性认识，我们用40张A3纸连接成8米多的长卷，画了两根长线，分别标注中国历史与世界历史的重要事件，并冠名"历史长卷"。阅读中，我们知道秦朝只存在了15年，汉朝却有426年，知道"司马昭之心"，知道刘禅是"扶不起的阿斗"……将历史学习与观看电视相结合，我们不时收看一些著名的历史纪录片，培养客观、全面的历史观察视角。在以上的历史学习中，我们知道了生命与时间的宝贵。

《皇帝的新装》后续

两个骗子迈着大步，身着华丽的服装，走在仪仗队的最前端，大声说着："啊！多么华丽的布料！多么美丽的图案！多么精细的花纹！"当听到那个孩子的声音和人们的应和，其中一个骗子说："哦！天啊！怎么会有那样愚蠢的人！只有他们看不见这令人称奇的花纹，真是太悲哀了。"听到这个骗子的话，其中一个男人想："不，怎么可能？我怎么会是愚蠢的人？我一定得告诉他们，我刚才只是离皇帝太远了，我现在又看见了！"听了这男人的话，大家便也都不愿承认自己是愚蠢的人，于是又不断称赞着那件并不存在的新衣……

回到皇宫，两个骗子给皇帝讲述了人们如何称赞和喜欢这"美丽"的新衣，皇帝听了，心想："天啊！连百姓都看出了这衣服的华丽，偏偏我却什么也没看到，难道我不配当皇帝吗？不行不行，我可不能让任何人知道。"于是他满意地点了点头，赏赐给两个骗子更多的金子，并命令他们专门做皇帝的新衣，暗地里让老大臣负责看好他们。

一天，两个骗子在空织布机前忙碌着，老大臣在一旁称赞那"美妙"的丝绸。其中一个骗子走过空织布机，织布机上的纺锤划破了他鼓鼓的腰包，一小截生丝从腰包中露了出来，骗子丝毫没有察觉。而老大臣却瞪大了眼：原来他们把生丝和金子都私吞了，根本没有用来做这些衣服！老大臣连忙找了一个理由回去呈报皇帝。

皇帝听了，心想：果然不出我所料。看我怎么收拾他们两个！但皇帝转念一想：唉！不成，要是我把他们赶出去，再拆穿他们的谎言，那上次我不就是光着身子游行了？不行不行，那还有谁会让我继续当皇帝？不行不行，我就告诉大众，老大臣年事已高，要回去休息了，不能让他把这件事说出来。于是便赐给老大臣一些金子，把他打发回家了。

很久很久以后，那两个骗子的空织布机，还是一直运作着。那有了小缺口的腰包，也越来越鼓……

第 **4** 章

“

思考社会

*拿云心事需践行。

”

税收，让我了解社会

——小记者采访侧记

记得以前，当我看到小记者光荣地去采访时，我是多么羡慕啊！终于有一天，自己成了一名光荣的"小记者"，去银行、学校、敬老院等采访，采访教师、医生、工人等。

宝贵的机会终于来了！为配合全国第20个税收宣传日，我们小记者班周三要到德清国税局去采访，我可得好好把握这个难得的机会，多了解一些关于税收方面的知识，争取做一个合格的小记者。

从学校到国税局，要走一段不短的路程。一到国税局，就有几位叔叔阿姨来迎接我们，我们向他们问好。一位阿姨带领我们来到办事大厅，阿姨告诉我们：其实大家都是纳税人，我们的每次消费，比如买铅笔、买面包，税收都包含在内了，只是没有亲自来交税而已。阿姨拿出一张凭证，对我们说："同学们，这张红色的纸上写着'发票'二字，这张发票记录了你们的消费，是需要交税的。而这张就不同了。"她指着另一张继续说："这张是收据，是不能由店主来纳税的。"说完后，阿姨继续带领我们来到员工图书室，图书室的墙上贴满了激励人心的名言，它们都是国税局的公职人员写的，其中有一句短而精炼，是我最喜欢的："不拘小节，必酿大祸。"而图书室的书架被塞得满满的，整齐有序地排放着与税务有关的书籍。

最后一个环节，是我们期待已久的采访，我们去了会议室，老师让我们向税务局的阿姨提问，小记者们踊跃发言。

"什么是税收？"一位"男记者"首先发问。

阿姨回答："从小学生的意义上说，税收就是当你们购买铅笔、尺子等文具用品时，额外支付的、最后缴纳给国家的一部分费用，当这些费用积少成多时，就可以用于国家的建设，你们看到的学校、公路、公共图书馆等，都是用这些税收来建设的。"

"对残疾的人士，是否有一些减免税收的政策？"

"是的，国家对残疾人士从事经营，实行一定程度的税收减免政策，但要根据他经营的具体情况而定。"

"为什么烟酒类产品要缴纳两倍的税？"

"为什么国外要缴纳遗产税……"

同学们争先恐后地提问，阿姨都应接不暇了，我也不甘示弱，我的问题是："去年德清县的纳税情况是怎样的？"

阿姨笑盈盈地说："2010年，我们德清县纳税情况首次达到21亿元，在税收工作上迈上了一个新的台阶！"

很快，时间已经过去一个多小时，我们该说再见了，阿姨和叔叔们目送我们离开。

这就是我难忘的第一次采访经历，通过这次采访，我明白了依法纳税是每个公民的义务，同时，我们也是光荣的纳税人，是国家的建设者。通过走访德清国税局，我们了解了税收，了解了家乡，了解了社会。

【父亲寄语】 税收的思考

从英国的光荣革命，到美国的独立战争，历史上因为税收引发的革命不胜枚举。税收在国家建设发展中的巨大作用，也是不言而喻的。奥琪通过参加学校组织的访问德清税务局的活动，实地学习税收的基本知识，增强了纳税人的意识，很有意义。当学校组织类似的学习活动时，作为家长，可以认真倾听孩子的意愿，如果孩子喜欢，那就积极创造条件，让他（她）参加，并可以为此做点功课，与他（她）一同思考。毕竟，在现代公民意识的培养中，纳税人的权利和义务是其中关键的一门课。

礼让校车，文明出行

　　"明天有一个礼让校车的启动仪式，谁愿意参加？"班主任问道，"只有两张通行证哦！"我飞快地举起了手。"哦，那就吴奥琪和沈江源吧。"

　　被荣幸地被选上了以后，我立即在网上寻找资料。一则关于校车的事故引起了我的注意：2011年11月16日，甘肃省庆阳市正宁县榆林子镇发生一起交通事故，一辆幼儿园校车与一辆卡车相撞。甘肃省安监局说，目前已经造成18名幼儿、1名司机及1名陪护教师死亡，44人受伤。据悉，发生事故的校车核载9人，实载64人。

　　我又看了另外几则新闻，校车、安全、儿童，一时间引起全国人民极大的关注。64人、44人、18人、9人……死亡或者受伤！这一个个血红的数据背后是一个个鲜活的生命，只能用触目惊心来形容。我忍不住要发出怒吼：到底要用多少同学的生命，才能换来校车的安全？究竟要到什么时候，政府部门才能重视起大家的安全？单纯谴责校车司机不尽责、车速过快且逆向行驶，理由貌似很充足，毕竟有很多超载的校车都没有发生事故。但"偶然中有必然"，私改车辆充当校车，甚至三轮车、报废车也当作校车用，再加上常态化的超载，不出事也只是暂时的幸运。

　　行动起来，从我们开始！在这里，在德清，校车安全问题被提高到从未有过的高度。2011年11月27日，德清县人民政府举行"礼让校车、文明出行"的启动仪式。这天，我早早地来到了千秋广场，志愿者给我戴上了礼让校车的胸章。9：30到了，志愿者胡孝英在"礼让校车承诺书"上签下名字后向我们表示，今后会在自觉礼让校车的同时，当好"宣传员"，让更多人参与进来，给校车出行创造安全的环境……听完这一番话后，上万名德清市民自觉在礼让承诺书上签了自己的名字。

回来以后，我发现全社会只要拥有真切关爱孩子的热心和高度负责的态度，由政府积极牵头，不断创新校车运营模式，生产规范、安全的校车，相信校车乱象会彻底肃清，孩子们也会平平安安、开开心心地踏上上学路。因为，校车承载的不仅是一个个小生灵，还是家长们的牵挂与担心！

【父亲寄语】 校车，德清教育的金名片

罗永昌先生是我的一位师长、挚友。我对德清校车的完整理解主要来自他的著作《中国校车》。德清是国内注重校车管理的代表县，校车已经成为德清教育，乃至德清的一张金名片。孩子从这一角度出发，思考教育，思考教育安全，初步形成教育的公共安全思维，难能可贵。作为家长，要回答好孩子的每次提问，培养孩子的独立思考能力。因为孩子的每次提问，都是你引导孩子思考，启发孩子智慧的好契机。"学问，学问"，一半功夫在"问"上面。

唤　醒

国难当头，自会有革命之士舍生取义，英勇救国。夏瑜、秋瑾、谭嗣同……他们的豪气撼动山河，他们的鲜血染红了浩浩大江。而有一个人，他不以生命为价，不是不舍，而是他的生命还有更大的价值有待实现。

夏瑜死了，他说："大清的王朝是我们大家的。"而麻木不仁的"大家"却说，夏瑜疯了、痴了，死有余辜。夏瑜死了，百姓不仅不同情、不警醒，反而像野兽一般睥睨着他的鲜血。面对伟大人物，人们不仅不爱戴、不拥护、不崇敬，反而嘲讽、挖苦。幸灾乐祸的民族，是没有希望的。这就是鲁迅的价值所在，他像一名精神医师，唤醒沉睡的良知。若是没有他，一个个革命烈士抛洒热血、前仆后继、视死如归，很多麻木的百姓却冷眼旁观，仿佛事不关己；如果没有他，被拯救者永远也理解不了这死亡的意义所在，永远无法理解这死亡背后的精神。

唤醒沉睡的被拯救者，解放人们脑中愚钝的思想，唤醒他们去挣脱奴性的枷锁。在他雷鸣般的文字的敲打下，沉睡的人们逐渐警醒，慢慢地看清沉沦的自己、沉沦的社会、沉沦的民族。在这样的历史转折点，鲁迅站了出来，让人们经历沉沦、迷惘、顿悟、重生这一过程的洗礼。先行者不光将其思想深植内心，而且传播给成千上万的人。鲁迅仍是医生，只是他不再医治身体，而是医治灵魂、唤醒良知。鲁迅站了出来，因为他知道思想自有万钧之力，能唤醒良知，让人脱胎换骨。他让每一次牺牲，每一次胜利，都有价值，让洒下的每一滴烈士的鲜血，都浇灌民族独立、自由之花。

曾经，也许我们都无法理解这样一个思想启蒙者，但幡然惊醒的那天，我们会发现——自己曾与沉沦只有一线之隔。

【父亲寄语】 民族大义的思考

爱国，是每一位学子的热血品性。我们在生活中，不时会和孩子共同观看一些爱国题材的电影、纪录片，比如《一寸山河一寸血》《凤凰大视野》《甲午战争》等。通过家校的培养，孩子逐渐萌生了关于民族大义的思考。体现在本篇文章中，有关于夏瑜、秋瑾、谭嗣同、鲁迅等人的观察与思考。尽管思考还显得有些稚嫩，不成体系，但却不失为孩子"珍贵思考"的一部分。孩子的家国情怀，是一种伴随成长过程逐渐形成的心性品德，是为人之"本"，长期注重这一点的培养，坚持循序渐进，孩子必能有大志向、大视野、大情怀。

我的四维世界

　　窗外夕阳沉落，我恭敬地坐在桌前，描绘一个我眼中的世界。我眼中的世界，也许不尽完美，但有四个维度，均承载着我的意识形态和情怀，均是我生活的写照，流淌着温暖与真诚的情感。

第一维：书与思想

　　忘了几时起，我开始喜欢读书，迷恋每次抚着书脊时的纯粹与满足，迷恋那跨越时间与地域的思想碰撞。我想起齐邦媛，想起她在战火纷飞的世 界里寻一方树林读书的身影；一介女子，在武大校园中，把潜心静读作为安放心灵的居所。从济慈到雪莱，她广泛地阅读，并在文学中抒发家国情怀，在书页中寻觅真谛。我多想，能够如她一般，在心中植一片森林，在林中阅尽有价值的书。人生需要有所沉淀，这样才能正确地认识自我与社会，才能使文明拥有生生不息的万钧之力。

第二维："拿云"心事需践行

　　理想，这个被世人说烂了的词，对懂得践行的人来说，永远高贵且风华依旧。少年心事，当"拿云"。在这个"狂妄"的年纪里，谁都想展翅高飞，但不免会恐惧九万里的高空太远，说那大鹏的梦太痴，因此选择成为现实中的蝼蚁之辈。而我要说，人生一世，当为这一份"豪气干云"，在该拼搏的年纪里鹰击长空，哪管世人诽谤？！可成功是个沉重的字眼，光凭一腔热血，终日把理想放在嘴边，就能有所成就？那是不可能的！践行的要义，就是要把虚无的空想，化为一路血汗的拼搏。

第三维：家国天下

构建一个国家，需要面对理想、踏实苦干，也需要有家国天下的悲悯情怀。"中国不能失去山东，正如西方不能失去耶路撒冷。"这是顾维钧在列强面前傲骨铮铮、掷地有声的发言。常言道"弱国无外交"，而弱国需外交，弱国幸有顾维钧！在那列强瓜分中国的时代，在代表团成员退缩的情况下，他凭着一份家国天下的情怀挺身而出，在巴黎和会上据理力争，以国家利益为重，"中流击水，浪遏飞舟"！这不正是读书人"齐家治国平天下"最为恢宏的人生追求吗？

第四维：亲恩永恒

亲恩永恒，如旷野，如翠谷，如山泉；读书明理，渐知天地大美，有如亲恩。

"妈妈，妈妈"，我冲到妈妈的病床前，好奇地观察她脖子边的牵引器，妈妈看到我来了，笑笑，不能坐起来抱抱我，便握握我的手。住院的日子，在孩子眼里总是很有趣：是窗边一到饭点便传来大米香；是挨着妈妈在床上摆开作业本；是好笑的图画书；是晚上吵着要和妈妈睡在同一张病床上，睡得又香又安稳。

记得我小时候，在幼儿园受伤。妈妈从门口冲进来，眼睛红红的："宝宝怎么样？手还疼不疼？"她凑到我的病床前，细细询问我受伤的经过，再摸摸我的小脸颊，说："宝宝不哭，妈妈在这里，我们再也不读那个幼儿园了啊！"短暂的一幕，已经成为亲恩永恒！

【父亲寄语】　孩子的记忆

孩子的记忆是神奇的，你不知道他（她）在成长的过程中，会记住什么，哪一些会变成自己的思想而影响终身。这里择取了孩子一篇关于思考人生的文章，她用四个维度来勾勒自己的人生，分别是"书与思想""'拿云'心事需践行""家国天下""亲恩永恒"。孩子的角度还是颇有新意的，应该可以在一定程度上获得读者的共鸣。生活中，当我们面对吸收知识像海绵吸水一样的孩子，面对对外界信息异常敏感并喜欢模仿的孩子，大人只有不断提高自己，坚信身教言传是最有说服力的教育，提升自己的知识储备，随时为孩子提供一些他（她）所需要的帮助，并随时准备好——总有一天，孩子会超越我们，脱离我们而独立远行。

我眼中的世界

　　我的家庭，像一扇美丽的窗户，通过这扇窗户，我能感觉到、看到这个美丽的世界。

　　"0岁"的听觉　我确信：我还在妈妈肚子里的时候就在感觉身边的世界了。妈妈温暖的身体就是我的世界。我有眼，但我懒得睁开。妈妈的身体太舒服了，我整天在睡觉，偶尔伸伸懒腰。我不知道《围城》是否说的就是这样的生活：里面的人想出来，外面的人想进去。太深奥了！还是继续睡觉吧！偶尔还听到歌曲："外面的世界很精彩，外面的世界很无奈……"外面的世界真逗，既然无奈，怎么还会精彩呢？我还是过着自己的日子，呵呵，睡觉！

　　8岁，快乐的书包　渐渐地，我上学了。爸爸骑车时的背影、从家到学校的路途仿佛就是我的世界。记得有一次，爸爸载着我去上学，我有点着急地问他：

　　"爸爸，家记本要家长签字，你签了吗？"

　　"签了。"

　　"听写本放了吗？"

　　"放了。"

　　"该放的都放了吗？"

　　"是的，还有空气。"爸爸和我开玩笑。

　　"还有快乐，你放了吗？"爸爸接着问我。

　　"放了，我昨天就放了！"我也顺势和他开玩笑。

　　"自信心放了吗？"爸爸继续问我。

"当然，我这学期开始的时候就放进书包了。"我响亮地说。

自行车在前行，刚好一缕花香飘过，感觉世界就在身旁，触手可及。爸爸说："和你一起上学，真的很开心！"

16岁，一叶一世界 常在家旁边散步，春绿秋黄的马褂木叶，常引得我和父母驻足。傍晚时分，在昏黄的路灯映照下，一片叶子凭一个恰好的角度，以一个不凡的姿态，用它那深沉的颜色，舒展的纹路，明灭可见的叶脉，"宣示"着它的存在。我惊奇地发现：竟然没有两片叶子是一模一样的，正像我的家，既普通，又与众不同。一叶一世界，叶片仿佛在引导我进行一场关于自己与这个世界的思辨。

沙沙作响的叶子与它所处的环境，仿佛是为我们家庭奏出的协奏曲，令我联想起自己"不凡"家庭的点点滴滴：每一天，随着旭日的升起，家里都在上演着新奇与感动；我们也许没有几室几厅的豪宅，但有风雨兼程之后归家的嘘寒问暖，这足以抵御严冬；我们也许没有好风相助、平步青云，但是为生活、为前途奋斗的每一天，我们互相打气，相互鼓励；我们也许不曾顺风顺水，但在每个清新的早晨，或是温暖的午后，我们都会有一个小得不能再小的好消息，或是老掉牙的笑话，像暖暖的清流，在我们之间流动；我们有着无间的亲密与无比清亮的眼睛，我们也许不会被载入史册，但从妈妈怀我的那一天起，生命里的每一次欢欣与感动，都被记录在成长日记里，人生一世，但记忆永存！我们注定不凡，这不凡影响了父母的半生，注定要感动我的一世！

马褂木欲语还休，似懂非懂。谢谢你！马褂木，让我有了这一刻感动，让我更加感恩地面对我温暖的家，面对身边这个美好的世界。

"只要人人都献出一点爱，世界将变成美好的人间"，充满友谊和幻想、善良和快乐，我的家就是我的世界，我的世界，也是我们共同的家！

【父亲寄语】 思考的力量

人强大的内心如何炼成？很大的部分来自知识的获取，并上升为自己的知识视野，这就是我所理解的"思考的力量"。亲子阅读是我们生活中很重要的内容，而阅读量对于理解、写作、性格养成具有重要的意义。我们对孩子的阅读选择给予充分的自由，只提供一些建议。通过鼓励与指导，孩子逐渐形成良好的阅读习惯。我们一直相信，但也不时留意孩子对书籍的选择，相信孩子能够判断哪些书籍对自己有正面的作用，提供自己学习的"正能量"。读书时，还鼓励孩子及时发现并一起修改书籍上的一些错误，培养她的怀疑精神。每天放学回来，阅读成了她最放松、最开心的餐前小点。

大学之大

　　"大学之大，乃大视野、大胸襟、大气魄，意即见识通达，气度恢宏。"厦门大学李琦教授的这句话，也是我从浙大游学归来最为深切的感受。

　　在这烟雨江南里，她不是雨巷里回眸一笑的姑娘，不是小家碧玉、金屋藏娇的存在，她没有水乡独有的那份羞赧，却孕育了一份典雅端庄。她有着海纳百川的胸襟，有着高瞻远瞩的博见，有着浓郁的文化底蕴。而最让我心迷神往的，是她的大，她的大不止在校园，还在于她的大视野、大胸襟、大气魄，也正因如此，她才能在朗朗乾坤下，时时演绎着悲情与传奇。

　　兼容并蓄，是一所一流大学的职责所在。从这里开始，学子不断求实创新，在大学的大境界中潜移默化地改变自身的观念和修养。在这里，眼中所见不是卷辑，也不是山川，而是芸芸众生。静室端坐，一卷在握，这是生命的一端；而经纬行走，穿越古今，又是生命的另一端，"处处留心皆学问"。浙大对于学子来说，就像一本厚重的书，经年累月地读她，一生受益。

　　大学能达此大境界，一校之长殊为关键，若缺了拥有大境界的校长，学校便不是传道解惑之殿堂，而是授业之教坊。正是竺可桢校长的思想沉淀，才使得浙大在一次次的波涛诡谲之中安然退身。

　　而大学对于我们高中生来说，三年之远。我们的梦想不是英语课上自我介绍中千篇一律的"My dream is to study hard and enter a good university"。大学不是十二年寒窗苦读的终点站，而是一个在这里学会怎样从一个不知民间疾苦，只知题海战术的机械学生，变为一个在人世间懂得灵活变通，却又能保持本真的社会人的中转站。这些道理说说容易，然而不屑的人就这样荒废了四年寒暑，等到跨出校门的那一刹那才意识到再也没有人来约束自己，才开始在碰壁中磨炼心志。而只有在大学中，我们才有机会在岁月积淀下沉思，在文化长廊里徘徊，从而窥见"修身齐家治国平天下"之一斑。

于乱世，大学有养育文化血脉之举；于今世，大学又有提升修养之功。在浙大的大气魄中，文人学者代代演绎着悲悯情怀，他们把授业这样的工作，演绎成传道、解惑之职。"国有成钧，在浙之滨"，正如校歌里唱的那样，西迁的道路一步步走来，从宜宾到江南，从苏醒走向复兴的荣光，浙大最终重返这烟雨朦胧之地，尘埃落定，收起一路上的风风雨雨，携着历史的风尘和思想的沉淀在年复一年里启迪智慧。春叶、秋叶、菩提叶，不仅关乎浙大，更关乎所有大学；不仅关乎知识，更关乎心灵……

【父亲寄语】　与智者同行

　　本文得益于对厦门大学李琦教授的赠书——《大学之道》的思考。李琦教授在德清讲学期间，奥琪有幸在莫干山和李教授有过交流，李教授回到厦门后，专程给奥琪寄来他的专著，并在书中给奥琪写了寄语。人生总会有一些机会与智者同行。从智者的启迪中吸收进步的力量，无疑是至为重要而有意义的。作为大人，只有不断丰富自己的知识结构，才能为孩子提供更为宽广的知识视野，最后再任凭孩子自己去涉猎、去攀登。

　　虽然道理懂得不少，但觉得自己做得还是远远不够。

自我是丈量社会的尺度

托尔斯泰说的"幸福是为别人而活",意在奉献社会;叔本华说的"幸福是为自己而活",意在坚持自我。看似矛盾,实则不然。多少人找到了自我与社会的平衡点,拥抱纷繁复杂的社会。而自我是他们丈量社会的尺度,即济世。

没有人能跳出五行,超然于物外。正如鲁迅先生所相信的那样:无穷的远方,无数的人们,都与我有关。正是因为人与社会的关联性,有人无法对弱者的求助置之不理,有人无法对强权的压迫忍气吞声。于是便有了:为农奴的悲惨际遇而反抗斗争的列夫·托尔斯泰,为黑人权益而奔走呼号的马丁·路德·金,为医治救济中国麻风病人而创办医院的传教士梅藤更……即便以个人的力量对抗贫困、歧视是以卵击石,但他们也愿献出绵薄之力。因为济世已成为他们的本能:为他人而活,让自己的生命更加完整。

社会最可怕的地方,就在于它让极致的善与极致的恶比邻而居。而自我是人们自由判断时最能抓住的丈量社会、明辨是非的尺度。最宽慰的是,有一群人告诉世界,不要浸淫于这个社会,否则就丧失了自我的完整性。"文革"结束后,巴金说:"在这吞噬人性的罪恶大表演中,就有我的一份罪。"他曾经由于软弱,放弃了理性思考的权利和生而为人的尊严,丢弃了名为"自我"的尺度,在社会化的大潮中被裹挟着前进。而现在,他把自我的尺度重新拾起,一寸一寸地丈量社会,一块一块地把破碎的尊严补齐,一点一点地摸索自我与社会的平衡点。

"自我"的价值就在于此,存在不妥协而又强大的韧性;"自我"是人在社会中辨真伪、明善恶的最普遍,也是最后的标尺。

在认清社会的苦难后依然拥抱社会,着实需要巨大的勇气;在拥抱社会后依然能以自我为标尺,又需要莫大的定力。

在自我与社会中摸索一个平衡点,用自我的强度和韧性去丈量社会,明辨是非,这才是真正的济世。

【父亲寄语】 老师的付出

读到本文,有些意外,因为是孩子的高中语文老师周晓萍发过来的。周老师在教学任务异常繁忙的情况下,打成word版本发我。这是老师看到孩子的一点进步,以这种方式给予鼓励。文章以讨论人生的意义为重点,例举了鲁迅、列夫·托尔斯泰、马丁·路德·金、梅藤更等人,最后详细描述巴金的忏悔,"他把自我的尺度重新拾起,一寸一寸地丈量社会,一块一块地把破碎的尊严补齐,一点一点地摸索自我与社会的平衡点"。行文至此,我觉得孩子的思考已经显出其中的价值了。

陪伴

——"感动中国人物"杨乃斌

　　海明威说:"每个人都不是一座孤岛。"一个人的人生太累太长,孤独的人生是没有尽头的苦旅;而陪伴,陪伴意味着在这场苦旅上,有人愿意陪你一起走,拉你一把,搀你一下,意味着有人愿意把最美好的东西跟你分享,那就是情谊。

　　亲情,是最漫长、最动人的陪伴。有这样一个人,她知道你所有缺点,却仍能无私地包容你、引导你。而你,又是这样一个人,是家族的希望,是上天给予父母最宝贵的礼物。杨乃斌,再一次让我见证了亲情的无私与伟大。十几年的求学之旅,这是怎样的一段陪伴?十几年中必定有误解,有冷眼旁观。而正是母子两人的相互陪伴,互相扶持,互相鼓励,才能走到今天。不为什么,只因为我是你的孩子,我骨子里流淌着你的血!

　　友情,又是另一种奇妙的陪伴。它不像亲情,它是两个人从无亲无故到亲密无间的过程,这需要更多的宽容和理解,去聆听、去陪伴。在这个互相呵护的过程中,共同成长,携手共进,收获一段温暖与感动,这何尝不是另一段美好的旅程。前方的路,漫长而坎坷,那么,就和那些愿意陪伴的人一起,慢慢地走。

第 5 章

快乐校园

* 仰望星空，脚踏实地。

演绎不是嬉戏

——评一次课本剧的演绎

一出鸿门宴，不知有多少危机四伏与勾心斗角。而我们的演绎，较于视频中的演员，更像是一场嬉戏、一出喜剧。为增强趣味性而适当改编未尝不可，但若为此忽略了人物性格的诠释，便是因小失大。

既然有这么一个机会，那就应该好好利用，以充分感受当时的情境，从而深刻体会人物的内心。对此，同学们大多都表现得不错。尤其是贾思汗那一组，神情、动作都十分到位，同时还辅以必要的语句，使演绎更加连贯、真实。项羽的妇人之仁、刘邦的狡诈多端、樊哙的豪气……无一不被表现得淋漓尽致。

课本剧的演绎，需要在充分体现人物性格，还原场景的基础上，辅之以趣味性，使其更加生动。演绎不能只顾嬉戏，忽略了对历史人物的把握，不能笑过一场以后，却什么也没有留下。演绎不是嬉戏，而是历史人物的再生，是一个充分理解、认知人物的机会。在这个过程中，我们得以体会那个战乱纷纷的时代，了解大时代中个人迥异的性格特征——这才是演绎的意义。

只有感动自己，才能感动观众

　　杨全民同学对《边城》中祖父的演绎，无疑是成功的。他沙哑的声音，悲切的唱腔，将一个年逾古稀的祖父对孙女的忧心与疼爱表现得淋漓尽致。

　　而他这般如鱼得水似的演绎，似乎真的被祖父与翠翠之间的浓情感动了，因此才能以一首山歌博得满堂喝彩。他真正将自己融入那个湘西小城，融入这幅水墨画，才能将这份发自内心的感动留给观众。

　　因此，我们也需要融入剧情，为它所感动，才能将这份感动传递给他人。

定 心

很残酷的事实：我写作业的效率很低，有时盯着一道题目，木木然地看了许久，却一个字也没看进去。究其原因，心不够定。

身边往往有这样的人，他们一坐下，便能全神贯注，不受外界干扰，完全沉浸在自己的世界里，把所有的精力、脑力都集中在一个步骤、一个算式上。而我往往做不到这样，我的心不够定。这是我的问题。而心定与否，不仅关乎写作业的效率，更关乎为人处事中的人格魅力。

人有足够的定力，才不至于随波逐流；有了足够的定力，才能不顾外界的喧嚣，坚持真我，专注地做好每一件事。大成至学陈寅恪，在那个纷扰的年代，连衣食都难以维系，却坐在书桌前，苦究一个个字、一本本书，用最笃实的行为，实现个人不凡的理想。甚至在视网膜脱落时，陈寅恪也始终不放弃。这份无论狂风暴雨都无法磨灭的定力，源于他的个人品性、他所受的教育，更源于他的社会责任感。

陈寅恪能在那样的年代里潜心静读。而我们在如此和平的日子里，却时常因一件小事就心绪不定。难道不感到惭愧吗？

明确自己该要什么，想做什么，无论路上有多少风霜雨雪，都应该坚定不移、锲而不舍。

多一份定心，多一份古井无澜，它能使你获得事半功倍的效果，能使你奋斗的人生更有意义。

厚积千尺，薄发一日

厚积千尺，薄发一日。普雅花以它的生命奇迹，演绎最为动人的厚积薄发！生长在四千米高原，孕育近百年，花期两个月，一旦开花，花穗高达十米，缀一万多花朵，绚丽异常，惊世骇俗！

这惊人的数据令我为之感叹，而在这数据背后，是高原上孤寂的日日夜夜，是一百年坚定的等待，是旷日持久的无人问津。而它知道，这漫长的等待过后是什么，是高原上充沛的阳光，是一百年的汲取营养，是一个世纪的积蓄力量。一百年，多少物是人非，而它只扎根于那广阔的高原，不问世事多纷扰，只一心一意，吸收万物之精华。终于，它大放异彩地绽放，不仅美在其绚丽的色彩，更美在其内心的万钧之力。

历经风霜雨雪，才能厚积薄发。都说蝉"居高声自远"，而谁又知道，那个翠绿火热的夏之前，是蛰伏在泥土中，数年的暗无天日，漫长的等待与积累？为了那一夏的引吭高歌，它忍受了多少黑暗、孤寂。为了那一夏的齐声合唱，它在泥土中与虫为伍，却又积累了多少高歌的力量。"十年磨一剑"，自然是这样，我们又何尝不是。曾听闻过多少科学家、文学家一夜成名，在这些大家的背后，哪个没有一段艰苦卓绝的过往。若是科学家没有数载的勤学苦究，数以千计的失败，又何来耀眼夺目的如今？若是文学家没有广博的见识，丰富的人生历练，又怎会有直指人心、意蕴深远的千古名篇？一个个辗转反侧的无尽长夜，一次次的失败与挫折，是经历过无数风霜雨雪，才会拥有绮丽的明天。

心怀坚定信仰，才能厚积薄发。"饥食毡，渴饮雪"的苏武与力争回国却遭囚禁的钱学森，是什么指引他们与苦难抗争，默默积蓄力量？是他们坚定的信仰——对祖国的信任与深沉的爱。他们一个在牧羊期间绞尽脑汁，一个在监狱中攻克专业难题，为回国效力而默默准备。只有拥有坚定的信仰，才能熬过漫长的长冬。它让你在路上不觉得那么黑，因为你走的每一步都离你的信仰更近！

　　学习就是一个厚积的过程，我们注定要经历风霜，而心怀信仰则让你的生命历程变得有价值。我们的绚烂远不止高考，更是那漫漫人生路。厚积终会助我们度过那段坎坷且漫长的日子，登上山顶，去感受那喷薄欲出的朝阳！

泥

我喜欢泥……

泥，有软的，有硬的，还有稀的，颜色从黝黑到土黄不等，可以说它无处不在。所有生长着灌木、花草的地方，大抵都离不开泥。泥的分布之广，就像水一样，让人"叹为观止"。

一般来说，泥都是被踩在脚下的，而花儿都是拿来欣赏，用来讴歌、赞美的。而你是否观察到了泥土的与众不同之处？一日之计在于晨，黑压压的蚂蚁大军在还没有睡醒的泥土上忙碌起来，寻觅着那些属于它们的"山珍海味"；被吵醒的苍蝇家族对准十二点方向的一段松毛虫尸首大嚼特嚼，时不时停下来在泥土上搓搓"手"，打一阵饱嗝；甲虫一家人也投身到这一事业当中；最狼狈的当数螳螂，在女主人的叫骂下，拖着一条受伤的后腿，快速地收拾家当，寻求新主顾；终于到了青蛙出动的时候，这些白天辛勤劳作的可爱生命，此时却只听得见阵阵鼻鼾。不知道螳螂小弟会不会梦到新主顾家的厨房？那里可有堆积如山的"玉盘珍馐"呢。

泥的一切都是神秘而未知的。

现在，应该极少看见有人捧着泥，拿着放大镜，目不转睛地盯着它观察了吧？然而你是否知道其中还有一些微小的生命体呢？这当中，西瓜虫算巨人了，但它不像蚂蚁那样抛头露面，只是在不见天日的地底劳作。当有人冒昧地打断它的工作的时候，它也不生气，只是羞涩地蜷缩成一团，用细而小的眼睛默默注视着这个不礼貌的入侵者。还有蚯蚓，潜在深处的蠕虫与爬虫等，构成了纵横交错的地下组织。

常常听到有人说，喜欢什么泥土的芬芳啊、大自然的味道啊！但是我却不那么认为。泥，它没有桂花的浓烈，没有栀子花的醉人，它甚至是不存在香味的。在我看来，一捧泥，里面却包罗万象：有蚂蚁、甲虫等生命的汗水，有每一种生命的新陈代谢……所以，在我看来，泥的味道，就是生命的味道，就是生机勃勃的味道！

泥土，其貌不扬，却满腹经纶……

铺满鲜花的道路上

又一次，我路过那扇铁门，从外面眺望着"华盛达外语学校"这七个圣洁的大字。透过蜂巢般的铁丝网，我可以想象铁门内的世界：忙忙碌碌的学长、兢兢业业的老师、鱼池里鲜活的小鱼……还有，一条通向知识殿堂的、铺满鲜花的道路。

终于有一天——我来到了这个曾经令我向往、"崇拜"的地方。

那一次，铁门是开着的，就如同一位慈母，张开双手，呼唤着我。"华盛达外语学校"，我心中默念这个异常熟悉的名字，颤颤巍巍地迈开了第一步，脚步轻轻地落在校园的土地上。那一刻，似乎全世界都寂静了，阳光的暖意和鲜花的芬芳，挤得我几乎透不过气来。迈着坚定的步伐，我在心底高呼：132班，Are you ready?

转眼，两周过去了，我早已习惯了那个虽小却宁静美好的校园，习惯了身边那群天真无邪的可爱同学。然而我发觉，即使是洒满阳光、铺满鲜花的道路，也有你意想不到的绊脚石。那个鲜红的数字：85! 85! 灼伤了我的眼睛! 刺眼到我不敢再用艺术家般的眼睛去欣赏周遭的一切。看着身边的同学一个个高得"恐怖"的分数，我诧异地看着还在不停攀升的最高分，沮丧、失望、愤怒、自责涌上心头，吞噬着心底的兴奋、喜悦和一切快乐的源泉。我好像站在珠峰上，感到寒冷、饥饿，那一个个令我绝望的字眼，我看到了它们在嘲笑、在威胁、在憎恶、在鄙视、在叫嚣……一个个张牙舞爪、满脸狰狞地在靠近。

难道是我上课没有好好听? 或是我作业没有认真做? 成千

上万个问号，像黑压压的几十万大军朝我逼近。不明物体在我内心沸腾，翻江倒海。我静下心来思考。这张几近"残缺"的数学试卷上，从头至尾，试问哪一处，我不会做？我不理解？试问有多少处，是因粗心、马虎而扣了分？犀利的目光即将穿透试卷，悲愤的人濒临绝望。原来，那都是我曾经不以为然、意图回避的难点，现在它们都回来找我了啊！在金色的阳光下，我望着染着"血色"的卷子，出神地思索。

　　求学，这条通往知识殿堂的道路，有时铺满鲜花，有时会有坎坷的石子，也许你曾经无视它，但终归有一天，你会被它绊倒。我坚信，这条美好的道路前方一定会有灿烂的阳光，我的初中生涯，必定会灿烂辉煌！

仰望星空，脚踏实地

远方是一场曼妙的梦，是那座宏伟祥和的乌托邦，是哪怕再远、再痛也值得去拼去闯的战场，是永恒的心之所向。

可是，有太多人，把现实活成了终日的幻想，只顾仰望，却被脚下的石子磕得头破血流。追梦的路，就像杠杆原理，你得找一个平衡点，有一个支柱，铸一块重物，才能搬开途中的阻挡。

找一个平衡点，平衡好现实与梦何其重要。远方是宏伟的，但你不能把远方当作拥有，终日仰着头，做着自己的春秋大梦，而不顾脚下是泥沼还是险滩。远方更像风雨兼程时心中的家，在你气馁的时候发出柔和的光，告诉你它一直都在，永不离弃。在你怀疑的时候，警醒你，勿忘初心，方得始终。这才是远方的意义。

有一个支柱，这个支柱指的是在奋斗的过程中，那些你得以依靠，能够给你力量的东西。它可能是一个信念、一个人、一本书。它们在你的心中是坚韧的，富有力量的。当你想要放弃的时候，那个支柱就会陪伴在你身边，给你想要的安慰，重塑行将崩塌的信心。孔子的支柱是"仁""礼"，为此他一生坚定不移，即便漂泊各国也从未放弃；扎克伯格的支柱是妻女和"联系全世界"的信念，因此他完成了"一生中第一件完工的事"——创建"脸书"；陆川的支柱是藏羚羊那双灵动的大眼，为此他排除万难，拍摄了《可可西里》等震撼人心的纪录片。这就是支柱的意义，暗藏心底，告诫你，别放弃！

铸一块重物，只有脚踏实地，才能做到这一点。埋头苦干，拼命硬干，在现实中日积月累地铸造、锤炼，日复一日地积累，方能铸造那块足以撬动困难的重物。这是实力的意义。

星空固然是浩瀚的，但是脚踏实地才是到达远方的基础和前提。平衡好远方与现实的关系，有一个精神支柱，用实力铸成重物，才能使用杠杆原理，排除万难，使远方散发出应有的光彩。

第**6**章

历史人物

* 八年，作八记，
柳宗元在山水间慢慢释怀，
变得柔软却有万钧之力。

孔 子

——价值观与快乐主义者

"知足常乐"是一个早已被我们说滥的词，我们把所有"乐呵呵"、慈眉善目的人都以此视之，连孔子都不能幸免。可我认为，孔子的价值观并不仅仅是常规意义上的知足常乐，因为他对"乐"与"忧"的界定异于常人。

世人引以为乐的，孔子可能不屑一顾；世人引以为忧的，他却为此殚精竭虑，奔走一生。世人为了利益"前仆后继"，可他却在旁边高歌"不义而富且贵，于我如浮云"。世人都满足于"强凌弱，众暴寡"，可孔子却提出"兴灭国，继绝世，举逸民"的主张。当世人都看着周礼流失，季世享用天子的八佾舞和《雍歌》时，他却起而攻之，大喝一声："是可忍，孰不可忍。"当道义泯灭，利欲熏心之际，他明知力量孤微，却仍坚持削弱三桓，伐陈戊子……如果孔子真是一个知足常乐的人，就不会发出这么多的反对声音，他并不是一个能用平和坦荡胸怀接受一切的圣贤，相反他有自己严格的底线，这是他的价值观决定的，一旦被触底线，必将起而攻之，绝对不容忍、不妥协、不苟合。这才是孔子的忧。

孔子身上背负了那么多的痛苦和不如意（既源于自己，也源于社会），这点与美国前总统林肯有类似之处。可是，为何孔子不似林肯那般"忧伤与阴云伴随终生"，反而"温而厉，威而不猛，慕而安呢"？这自然又归结于他的价值观。细言之，原因有二：一是他的快乐足够强大，足以战胜忧愁，孔子安的是"贫"，乐的是"道"，这些"道""义""仁""礼"给了他极大的精神富足，使他足以乐以忘忧；二是他在精神上的修为，我更愿意把他定义为"快乐主义者"，即他的内心足够强大，足以化忧为乐，面对他人的奚落，他能一笑置之，并继续坚持"已选择的路"。对于观念不同的君主，或是与他背道而驰的社会，孔子选择不纠结、不迟疑，"择主而事"，甚至"沂水春风"。

　　我无法，也无资格去评判孔子是快乐的还是痛苦的，但我始终相信，他那快乐主义的价值观，给了他安贫乐道、乐而忘忧的力量，使他在物质上容易满足，在精神上，在追求理想的道路上，从未知足。

　　这就是价值观的力量，它决定了你为何而忧，为何而乐，决定了你如何看待忧与乐，能否化忧为乐。我想起自己还在牙牙学语的时候，爸妈对我的期望是"快乐学习，快乐生活"。话并不深奥，即使有人告诉我，学习不可能是快乐的，但我始终相信"我是快乐的"。我希望自己能做一个有底线、价值观正确的快乐主义者，为值得的事不纠结、不妥协、不苟合，一旦底线被触碰，就为荣誉而战。

柳宗元（两篇）

一、完整的灵魂

柳宗元自小家学深厚，有知书达礼的母亲，有学识渊博的父亲。二十一岁那年，柳宗元名声大震；二十六岁，中榜于博学宏词科考场。此时的柳宗元，可谓少年得志、意气风发。但他觉得似乎少了点什么。这缺失的一部分，他在山水之间找到了。

是山水，给了柳宗元一个完整的灵魂。

永贞革新带来的灾难接踵而至：一贬永州，途中母亲病死；二贬柳州，最终客死他乡。永州这个荒芜之地，犹如一个天然的"大监狱"，凄清却又绮丽，这个"山皆美石，泉幽兰馨"之地，最终成为他内心的慰藉。

从《始得西山宴游记》开始，他在大悲之后，转而寻求精神寄托。西山给了他一把钥匙，他由此打开了在山水之间完善自我的大门，让他可以实现从"倾壶之醉"到"颓然就醉"、从以恒到心凝形释的转变。大自然是宽厚的，给了他一份宁静，以便他有足够的时间和空间与自然会晤、与自我对话。面对着陡峭巍峨的山崖，他第一次感受到自我的渺小。

如果当初他没有被贬，又会怎样？也许他会一直顺风顺水，最终了无牵挂地离开；历史星河里，也许会多一个功成名就的官员，最多为世人称道百年。如果是这样，他的作品绝对不会穿越千年，后人也无从知晓其文章有万钧之力。他的作品，决不会拥有今天这般的社会意义、艺术价值；他的思想、他的精神也不会历久弥新，如今天这般熠熠生辉。

福兮祸所倚，祸兮福所依。山水虽然没有给他一个完整的结局，却给了他一个完整的灵魂，时至今日，他的背影依然在我们心目中清晰如见。他绝不是天性淡泊之人，他有对官场的积极和执着。而正是这幽泉怪石，打磨了他的锐利锋芒。他的思想，因为黑暗腐朽的反衬，更显得超然物外。

"自肆于山水之间"，山水是他的投影，是他的寄托，更与他和谐统一；"潭中鱼可百许头，皆若空游无所依"，这清澈的水面似一面明镜，照出了大自然的绮丽，更照出了真我的深邃。

跨越千年，他飘然孑立，尽管青衫灰暗、神色孤伤，却行走得坚定而有力量。

二、在山川间成长

我眼中的柳宗元，有两个字是绕不过去的——"山水"。柳宗元被贬永州，不见得就是百弊而无一利。若不是那场天翻地覆的改革，上天不会给他这个机会，让他醉于山水间、悟于山水间、融于山水间。正是这场改革，让他身处千山万水中，在一花一木的冷僻幽静里思考人生，窥见人生的真谛。

看柳宗元，就是看他笔下的山水。在游历间，柳宗元与山水相融相交，他在山水中看见了自己，也看见了芸芸众生。在他与自然的对话中，自始至终都有一条暗线，这条线在最后的游与悟中升华到巅峰。

其一，山水是他的内心投影。"一切景语皆情语"是痛得入骨的悲伤，是所见之物也件件"凄神寒骨"！他那夜以继日的惴惴不安与沉闷孤寂，即便过了千年，依然可以通过文字感受到；他的忧伤太沉重、太浓厚，以至于使这种哀愁渗入石缝间、芷兰中；他表面上"倾壶而醉"，喝得酣畅淋漓，实则是以醉态掩饰心中化不开的愁。

其二，山水即真我。石头本无感情，但在他眼中却是"其石之突怒偃蹇，负土而出"，连怪石也不甘被埋没，奋然破土而出。他对不幸的生活与政治遭遇的悲愤之情，跃然纸上。在他眼中，曾经无情无义的石头与山水，不再是哀愁的象征，而是真我的表达。山川草木虽然在文中依然多为"幽泉怪石"，读来却是"我"的所念所想。

其三，山水与真我融为一体，变得愈来愈难辨清。读柳宗元的文字，越到后来，越感觉文字中明媚的气息增多，逐渐与凄冷相抗衡。美好与压抑，物我与自然，相辅相成，这条暗线变得越来越清晰。柳宗元的心境也越来越明朗。

八年，作八记。他在山水间慢慢释怀，变得柔软却有万钧之力。双眸变得越来越凌厉，头脑也愈加清醒。他乐于山水，也明了山水之外的世界有多么不堪。

故人已逝，山水长情，是山水让柳宗元慢慢变得坚忍。

李白与苏轼

——仙风道骨，终为虚空

李白、苏轼的文学顶峰，在其困时，而不在其达时。正因为命运坎坷，他们才能有足够的时间与真我对话，参透自然规律与人生的哲理。而观其一生，道家文化成为他们生命里的暗线，融于文字间、血肉里。一是他们的仙风道骨，二是他们的虚空。

李白与苏轼，他们都有一身的仙风道骨，一份旷世随性，都醉心于老庄哲学。前者曾去深山中拜一位高僧为师，潜心修炼；后者悟道的方式是回归自然。前者醉心于炼丹成仙之术；后者则高喊"我欲乘风归去"，内心坚定，超凡脱俗，以至于风月纤尘不染。前者求之于"术"，后者求之于"道"。苏轼知道自己属于自然，世间之理也源于自然，宇宙万物终将归于自然。因此他如庄子一般置身于天地之间，以灵魂去感知老庄口中的宇宙自然。正是在这样的感情中，他从执着到超脱，不再"望美人兮天一方"，而是自始至终，散发着清高、无法亵渎的仙气，追求无饰的自然。

而我始终认为，苏子的仙风道骨在《逍遥游》里展现了不息的力量。"抟扶摇而上者九万里"，他在海天相接的地方化为飞仙，永远无所羁绊，琴诗韵心，灵魂自由。

"开户视之，不见其处"，超脱之后，即是巨大的虚空。

文学星辰之于我们是一场飘渺、无影踪的梦，在梦里物我相忘，任性逍遥。"回首向来萧瑟处，归去，也无风雨也无晴"，他们终于绝尘而去，这场大梦，永远也不会醒来。

苏 轼

——超脱飞扬，即生命壮歌

一曲《赤壁赋》，上阕怀赤壁，下阕叹周郎。而在这文字间，作者的心境，也是一波三折。开篇气势恢宏，面对惊涛拍岸的滚滚浪花，常人会叹息自身是如此之微小；而苏轼，却感慨千古风流人物，亦不免消逝如斯。人生既然终究是殊途同归，那么自己汲汲于功名，岂不太过可悲？后文接怀古，极言其儒雅。由周郎转到自己，从周郎的年轻有为，联想到自身的苦难，便发出了"多情应笑我"的感慨。

苏轼有着超乎常人的力量，他在苦难面前，不是一个凄凄切切的文弱书生，而是参破世间荣辱的智者。在发现内心的悲哀后，他不像南唐后主李煜一般沉浸于苦海，而是把其上升到人生命运与历史长河的层次。

再风流的千古人物，终敌不过樯橹一般的"灰飞烟灭"，所谓功名是如此的微不足道。若真正能在历史长河中流光溢彩，必须找到人生的价值，不虚度此生。苏轼在内心辩驳中，又一次超脱了自我：悲观消极终不能长久，只有超脱、飞扬才能谱就生命的壮歌。

思忖至此，他把愁绪泼洒江里，任其肆意东流，只留下一个豪气干云的男儿形象。

评《赵氏孤儿》

——余生也晚

金山冉冉波涛雨，锡水泯泯草木春。二十年前曾去路，三千里外作行人。英雄未死心为碎，父老相逢鼻欲辛。夜读程婴存赵事，一回惆怅一沾巾。——文天祥

夜，凝稠了，像一块黑色巨石向他砸下来。赵武，就像一个天真无邪的傻瓜，在侥幸存活了二十年之后，突然被告知所有的拥有者的关系都是假的。你在这世上，孤身一人，身负血海深仇。为了你从未谋面的亲人，为了你那些为义而逝的前辈，要举起复仇的剑，朝向那个二十年来一直疼爱你的人，那头披着羊皮嗜血的狼……

赵武他恨吧？恨他的仇人屠岸贾吧？恨那个昏君晋灵公吧？然而他最恨的一定是这个命运，这个无可选择的人生，从程子替他而死开始，他往后的人生道路，就洒满了复仇的热血。

因为他，因为情，因为义，多少忠良死去了，生母、生父、韩厥、公孙许臼、程子……为忠而死，为义而亡。他们中，有的是从未谋面的陌生人，有的是大半辈子的生死之交，然而他们团聚在一起，为了一个共同的信念：让赵氏孤儿，活着，长大，伸张正义，要为赵氏三百口人报仇！为此，他们宁愿拿命去抵。

程婴，多少年来为人感慨的人物，为了信念，牺牲了自己，牺牲了与妻子的感情，牺牲了作为一个医者的名誉。几十年过去了，面对国人的唾骂，他只能忍，把事情的真相埋在心里，直到真相大白的那一天。舍命容易抚孤难，我想知道他有多大的定力，才能忍受这种痛苦，他一定比赵武更有复仇的动力，他亲眼看见亲

生儿子被捅死，亲眼看见一个个忠良死去，而他的脸上，还要佯装欣喜。

赵武最后还是没有辜负死去的人，没有辜负程婴承受的痛苦，他背负起重重的责任，这是命运。

有恩不报怎相逢，见义不为非为勇。这种性命相见，不求回报的坦荡与执着，就像神话一般灿烂久远。

程婴，余生也晚，无由得见。

顺　治

——可惜你是皇上

　　清军入关，16岁的福临坐上了继皇太极之后的第一把交椅。青春年少，同样野心勃勃：细嫩而白皙的皮肤，甚至没有脱去童年的影子；高耸的鼻梁，细长的眼眶，眉尖上耸，眉梢略微下沉的黑眉，却已画出爱新觉罗直系子孙的特征。他年少却不轻狂，励精图治、富国强兵，是他打小就埋在心里的种子；他渴望成为仁德的君主，不逊汉武唐宗。而要征服这个泱泱大国的人心，却让这个少年天子，耗尽一生。

　　他渴望汉化，却又不得不顾及满朝皇戚；他废了大字不识的皇后，却又被迫迎娶了一个同样有德无才的新皇后；他杀了收受贿赂的大太监，却又出了个淫乱的小太监；他努力清除科场舞弊，却又有了地方势力的叛变；他最不喜欢佟妃，但佟妃的皇子最终继承了皇位；他终于找到了自己心爱的女子，却发现她已为弟妻；他宠爱了值得宠爱的妃，却招来后宫怨恨；就连他平生最信赖的皇太后，也在他死后修改遗诏，让他几十年的努力功亏一篑……他的确是在万人之上，又似乎受到来自万人的压力；世人都羡慕他的九五之尊，然而那颗繁文缛节下卑微脆弱的心，却尝试用尽毕生的力量，支撑起整个大清朝。

　　顺治和乌云珠，两人间的姻缘纠葛让人心碎。乌云珠的母亲是汉人，这让她凭才气鹤立于后宫那些关外的文盲嫔妃之上；却也因为她的血统并非纯正，引来皇亲国戚对这位"半汉女"的仇视。更重要的是，在顺治对乌云珠一见钟情之前，她已经成为其弟弟的福晋……皇太后怒了，她不允许儿子担负失德的罪。知道儿子相思成疾后，她的爱子之心才战胜了太后的威严，冒天下之大不韪，成全了这段姻缘。然而短暂的幸福之后，顺治面对的却是乌云珠因遭后宫仇视而引发的失子、被诬陷、疾病……看到这里我才明白：为什么古代中国不可能爆发特洛伊战争？因为那时的道德观不会允许一个男人以倾国之力保护一个女人，更何况他是皇帝。他可以有他的情愫，只是这份情愫必须建立在仁德天下的基础上。也就是说，他必须先在心里装下天下人，才能把他深爱的女子，小心翼翼地放在心中仅存的一块净土上。只因为，他在万人之上……

"花非花，雾非雾，夜半来，天明去，来如春梦不多时，去似朝云无觅处。"这也许就是顺治帝眼中的乌云珠，可望而不可及。

那么，就让这位大清皇帝在新的喧嚣未起时独自远行吧！辗转于尘世，他太累了，承担太久，背负太多，就算是铁肩也会垮掉，就让他松弛一会儿吧！

希望，他就像一场甘霖，来过了，然后消失得无影无踪。

张 籍

——秋思

"洛阳城里见秋风, 欲作家书意万重。复恐匆匆说不尽, 行人临发又开封。"

秋风萧瑟, 树梢上枯黄的树叶飘落在荒凉的土地上, 正在窗口读书的张籍不禁打了一个寒战。窗前走过的那家人谈笑甚欢, 勾起他对家乡、亲人的思念:"中秋节即将来临, 不知家中的亲人是否会想到我, 家中亲人一切是否平安。不如写一封家书问候一下家人吧!"

只见张籍拿出纸笔就愣住了, 他脑中的思绪乱成了一团:家中的老母亲已经年迈, 大家都要好好孝敬; 儿子太调皮, 一定要严加管教、鞭策; 感谢邻居多年对我们的照顾; 哦, 对了, 兄长, 您要……

要写的叮咛实在太多, 强烈的思乡情, 怎能用言语来表达?

写完长长的家书之后, 诗人一次次地查漏补缺, 生怕遗漏了重要的事情。确认后把信郑重地交给了邮差, 就在邮差打算出发之际, 张籍突然想到, 信中提到要把毛笔赠给兄长, 又连忙回去取来, 心满意足地交给年轻的邮差。

一想到家人即将看到自己的书信, 诗人的脸上露出了会心的微笑, 放眼望去, 长安城的夕阳也慢慢从山那边落了下去。

曹雪芹

——情

曹雪芹的超前之思，婚姻、情爱、儿女三观的超前，实在令人叹服。而对于我来说，我不能完全接受他的婚姻观，我明白从一而终、以身殉情的节烈，是对女性的不公。同时我也无法马上接受这样先进的思想，讴歌那个多情的男子，他的情爱观让我陷入沉思。

书中的情爱，早已不仅是大观园里缠绵的儿女情长，而是对一个时代的同情、关怀。书中很多人都是情痴情种，尤其是宝玉，我觉得全书中最悲惨的不是黛玉、秦可卿、贾赦等，而是宝玉。他生来多情，并对每一位女子、男子的苦痛感同身受。宝玉为他们的命运奋起反抗，也为他们的苦难涕泪满襟。若宝玉是个无情之人，对他们的苦难袖手旁观，也不会落得至此，他也许会和薛宝钗一起续那段金玉良缘，了无牵挂地度过一生。

可是命运就是那么奇妙，他没有过上金银富贵的生活，却提出了一种全新的信仰——情。儒、道、佛尽头，是四大皆空。而如今的社会，及时行乐的逍遥文化已不足以成为人们心灵的依托，而宝玉的情，正是能弥补"空"的"实"。爱情、亲情、友情，这都是最温暖，最为切实的感动。以情来弥补，以情来拯救，这是曹雪芹所依托的价值根基，是民族赖以依托的信仰。

王阳明

——知行合一

1506年，贵阳龙场的万山丛林中，有一个苗、汉混居的地方，明代大哲学家王阳明于此，经过长期地悟道，大彻大悟，破门而出，提出了"知行合一"的重要概念，成了阳明哲学皇冠上璀璨的明珠。这就是被后人传颂的"龙场悟道"。这是他领悟生命真谛的一段重要里程，这场苦思后的彻悟，涵盖了两个方面，改变了一代又一代人。它的精髓，于今世，于我们，即使略通一二，也将受益终身。

第一方面，知中有行，行中有知。王明阳说："知行原是两个字，都说一般工夫。"这样的观念，意味着与朱熹"知后行"的观念分道扬镳。知，指人的思想理念；行，指人的行为实践。知和行不分表里，不可分离，但我们常常只注重理论知识的掌握而忽略了实践。"实践出真知"，只知不行，到了社会上，也只能做废柴。记得这样一幅画，名为"儿子的作文得奖了"，画上是一个孩子，乐呵呵地举起获奖的作文，题为"自己的事情自己做"，父母则喜盈盈地端着洗脚水帮孩子洗脚。这就是只知不行的表现，这样的表里不一，恐怕不是真知，因为它脱离了"行"，还不如说这是一种"妄想"。

第二方面，以知为行，行决定知。知和行，就好像是"打断骨头连着筋"的兄弟，相辅相成。知，是道德的领悟；行，是道德的实践。知行合一，就是言行一致。"知是行的主意，行是知的功夫"，所以它们无先后之分。几十年前，有一位毛头小子，名字叫文浚。他在接受了这样的观念后，觉得受益匪浅，于是把自己的名字改为"陶行知"。后来，他成为一位妇孺皆知的教育家，成为毛泽东口中"伟大的人民教育家"。

只知不行是"妄想"，只行不知是荒诞。这样的思想精髓，需要我们用一辈子的时间，慢慢领悟。只有真正了解知行合一，并把知行合一运用在学习生活中，才是真正的知行合一，才能学有所成。

纳兰性德（三篇）

一、你若盛开，清风自来

塞外的雪，大朵大朵，从万米高空落下，沾湿了他的脸颊。伸出手，看晶莹的雪花在他手心化成一湾细流，在漫天雪花飞舞的那一刻，纳兰性德仿佛看见了自己一生的追寻……

正如他《如梦令·正是辘轳金井》中所写，前头是"落花红冷""心事眼波难定"的少年郎，后头是"簟纹灯影"的万般惆怅。他没有多舛的命运，也没有流离的生活。他生在豪门，含着金匙长大，一身才气。他有谈诗论画的鸿儒之友，有谈古论今的知交好友，有御前侍郎这个数人之下、众人之上的位子，有一个做前朝宰相的父亲，有一群善解人意的红颜知己……他好像什么都不缺，他就是一代词人纳兰性德。

可他却写出这样的词，家国离愁，儿女情长。他写悼亡词，悼亡之音如悲怆的唢呐掠过北国的荒野。他写《古兰花》，写《南乡子》，写《丑奴儿》，写尽了寸寸愁肠，写尽了声声泪。

他笔下的悼亡词到了无人能及的高度，连他的父亲都不理解他："我什么都给他了啊，他还叹什么呢？"

因为纳兰性德知道，御前侍郎只不过是个禁锢，给天下男儿一个才子忠臣的典范，是个为了束缚纳兰家族势力的花瓶。他知道他的"友人"不是贪他的财，就是仗他的势；真正的知己好友，不是被贬万里，就是命丧黄泉。他从小就在这个庭院里长大，耳闻目睹，知道这里有多么不堪，有多么腐败！他看不惯，因圣上一声"要牡丹"就上朝进贡的群臣，一声"爱牡丹"就连声附和的世人。

纳兰性德孤世而立，他不爱人间富贵花，却偏爱雪花，他痴迷于雪花的冰清玉洁，从不在意要四处流芳。雪花有想留却留不住的孤独和清高，愈是寒冷愈是热烈奔放的真性情，这就是纳兰性德中后期赞美雪花的词作频繁出现的原因。在他眼里，雪花比牡丹更重要，雪花的遗世独立，正是他一生的追寻。

清朝时，塞外的"冷处偏佳"、与世无争也好，今日，社会上前倨后恭、蝇营狗苟也罢，我们要做的，是知道雪花比牡丹更重要，因为那是灵魂上的自由不羁，是精神上的至清至洁。

你若盛开，清风自来……

二、一生恰如三月花

家家争唱饮水词，纳兰心事几人知？

——题记

他这一生，什么都有，却又什么都没有……

纳兰性德，字容若，他的头衔太多：丞相之子、御前侍卫、京都才子……他就像温室中央那朵开得最盛、最高贵的花。他没有坎坷仕途，也未曾官场失意，他有不少红颜知已，从不缺莫逆之交。也许正因为这样，他才会比常人看得更深、更远、更透……

慢慢地，慢慢地，他了解到，一个王者身边根本不需要另一个王者。御前侍卫的外表再光鲜，那也只是一个花瓶。皇上需要他，仅仅是要他为天下男儿做一个榜样。捅破那层纸，他只是一个傀儡。即使胸怀大志，即使满腹经伦，又有何用？

他看起来"完满"的人生中，最大的不完满，是他的妻子。半生的莺歌燕舞、灯红酒绿，等他幡然醒悟，才知人间至美就在身边。来不及卿卿我我，她却离世，仅留容若在往后的十一年里，声声叹息！拔地而起的悼亡之音，空灵到前无古人、后无来者，她成为容若心中永远的痛。这种彻骨的思念，多少年，如春草般蔓延，那样的顽固，使他无法拔除，无法回避，这是超越了生死的情感。那一声声叹息，如此真切、如此动人。可那又能如何？即便融得了冰山，也再唤不回，已逝的那个人……

于是，他开始迷恋雪花，空灵纯直，超凡脱俗。他那得到但又失去后的绝望，更不如从未得到过。

看得见开始，猜不到结局，一生恰如三月花。

三、冷处偏佳

正是辘轳金井，满砌落花红冷。蓦地一相逢，心事眼波难定。谁省，谁省。从此簟纹灯影。

——《如梦令·正是辘轳金井》

纳兰容若的这阕词，像极了他的一生，前头是"落花红冷"、心事难定的少年郎，后头是从此以后"簟纹灯影"的万般惆怅。容若，他的头衔太多，丞相之子、御前侍卫、京城才子。只怜他才比天高，却命如纸薄："康熙二十四年暮春，容若抱病与好友一聚，一醉，一咏三日，七月后溘然而逝。"

他什么都不缺，像温室里的花朵，但他的词却凄美得叫人断肠。他说："断肠声里忆平生。"而他的刚烈之气，又是何时烟消云散的呢？因为他早逝的妻？因为知交的聚离？然而有时我觉得，他总为他那最后未达到的理想而长嘘短叹。

他是康熙的近侍宠臣，人人称他受尽恩宠，连他做宰相的父亲也跟着欣喜，认为他的前途大有所为。只有他自己郁郁寡欢，他看破了御前侍卫这个花瓶只是为了限制他们父子俩的权力。皇帝是个实干家，他不需要在身边培养另一名实干家。容若，只是个锦上添花的盛世标本，即使再有安邦济世之志也壮志难酬。容若有不同于纨绔子弟的远大理想和高尚人格。他未生在将门之家，却想为国家鞠躬尽瘁，死而后已；生为贵胄，气质却像个落魄文人，"残雪凝辉冷画屏，落梅横笛已三更，更无人处月胧明。我是人间惆怅客……"在这样一种气氛的牵引下，落笔满是落寞。这阙《浣溪沙》就是落寞心情的写照：庭院里的残雪，落梅横笛声悠长凄美，夜已三更，亭外月色如水，人声寂绝。英雄落寞，壮志难酬……

容若渐渐在内心谢绝了富贵之意，他渐渐不爱牡丹，而贪恋雪花，他写道："非关癖爱轻模样，冷处偏佳。别有根芽，不是人间富贵花。谢娘别后谁能惜，漂泊天涯。寒月悲笳，万里西风瀚海沙。"读着读着，我们好像看到他站在凛冽的风中，那塞外的雪，大朵大朵，从几万米高的天空投向大地，雪已落满了他的双肩，而迎着严寒的眸子却格外清亮。

　　容若是灵魂的自由不羁，是精神上的至清至洁，他爱的是他词中的这四个字："冷处偏佳。"

　　在漫天雪花飞舞的那一刻，他仿佛看到了一生的追寻。

林徽因

——你是人间四月天

雪化后那片鹅黄，你像；
新鲜初放芽的绿，你是；
柔嫩喜悦水光浮动着，你梦期待中白莲。
你是一树一树的花开，
是燕在梁间呢喃，
——你是爱，是暖，
是希望，
你是人间的四月天！

烟水迷离的江南，等到梅雨季节，那些寻荷问莲的人，不知有多少会想起这个一生爱莲，也是一生像白莲一样的女子——林徽因。

你走过人文的江南，走过烟雨中的康桥，走过漫漫红尘，走过人间四月天。无论流年消逝，你走过的地方，总有一树一树的花开；人世变迁，不变的是你永远美丽的容颜。无论人心有多险恶，生命中总有贵人，带你全身而退，一尘不染。

她一定是爱这烟火人间的呀，所以才会为这红尘赴汤蹈火，在所不惜！我读《你若安好，便是晴天》，看到的是她的冰清玉洁。她与林黛玉不同，她活得太清醒、太要强。林黛玉是那样的赢弱，她瞧不起。所以《林徽因传》的作者白落梅说："如果爱情是一场赌博，那么世人押下的筹码是所有的青春，而林徽因押下的只是一小段青涩寂寞的时光。"是啊，她输不起，她还想活到白发苍苍；也许因为这样，她才住不进大观园，也演不好悲悲切切的《红楼梦》啊！我读《总布胡同24号》，看到的是一个挑灯写诗、画建筑设计图纸，又和文学泰斗坐在阳光照射下的皮沙发里喝一壶香醇热咖啡的女人。她张罗着家内家外,陪梁思成走过漫漫长路,陪他完成他的人生理想,她是那么要强。病重的最后几年,她以巨大的工作量来使自己忘记病痛,不去回忆过往。然而,我看着,看着,也会想,她是不是太完美了呢?

她永远站在最高点,她最爱的是诗,可丈夫在文学上一穷二白。她让他人靠近了都觉得不真实,触碰不到,那么冷静、要强,纯洁到世人都不敢去触碰。梁思成都不敢相信:她放弃了那么多仰慕她的名人,甚至丢下了徐志摩,选择了他。婚前,梁思成问她:"有一句话,我只问一次,以后都不会再问,为什么是我?"她答:"答案很长,我得用一生去回答你,你准备好听我说了吗?"这得是多么神秘而又有韵味的女人,像谜一样美丽!而我一直觉得,她一直是孤单的吧。这一定很痛,没有一个和她一样完美的人,陪她一起站在灵魂的最高点。最初懂她、爱她的徐志摩,早已沉睡天国……

那池白莲开了又谢,我们在呛人的烟火尘世中,茫然地走。而你伏在淤泥中,等一天绝尘于世。她真正做到了,生如夏花,死若秋叶,一生的华美,最终消逝在她一生至爱的四月天。四月一日,那个春风沉醉的夜晚,她化作咤紫嫣红"一树一树"的花开;而我们,愿做那花丛中多情的蝶,不计一切地赴一场花好月圆的盟约……

——你是人间四月天。

宋庆龄

——执着的爱，开出无涯的花

一百多年前的一天，四十九岁的孙中山与二十二岁的宋庆龄在日本完婚。虽然孙中山是宋庆龄父亲的盟友，但这二十七岁的鸿沟，这场不被祝福的婚礼，使莅临婚礼现场的，只有寥寥几人。宋家才貌双全的二小姐，不顾家人、朋友的反对，离家赴日。在孙中山这位职业革命家的身边，她是值得信赖的秘书和参谋。

1922年，陈炯明发动武装政变，欲置孙中山于死地。身怀六甲的宋庆龄恳请孙中山先走一步，她神情凝重地说："中国可以没有我，但不能没有你！"这次事件后，两人幸运脱险，宋庆龄却不幸流产，再未生育。孙中山逝世若干年后，她回忆说："我偷着跑出去协助他们工作，是我想为拯救中国出力，而他是一个能救中国的人。"

在青春的时光里，所有的执着和冲动，都显得格外美好。就像在外人眼中，正值桃李年华的宋庆龄把对祖国的期望和热爱，寄托在了"革命之父"身上，义无反顾，奋不顾身。她这份献身革命的执着，也是对爱的执着；对信仰的不懈坚持，也是她眼中最浪漫的事。所以说，实现中华民族的伟大复兴，正是需要这种执着、进取的精神。

当诺贝尔奖获得者屠呦呦用青蒿素对抗疟疾，拯救了很多生命时，我们可以做些什么？在屠呦呦获奖前，七岁的英国女孩就率领贝克汉姆、比尔·盖茨对抗疟疾了，她的名字叫Katherine Commale。她在5岁时，因为电视激发了她的爱心，决心省下饭钱为非洲孩子做点有意义的事情，而第一件事就是买疟疾蚊帐。后来，为了这个拯救他人的大梦想，她从6岁起坚持四处演讲和号召，她给比尔·盖茨写信，给贝克汉姆发奖状，众人纷纷慷慨捐赠。

宋庆龄的爱是奋不顾身的执着，屠呦呦的奉献、英国女孩的坚持与爱心，让沙漠中盛开爱的玫瑰。因为她们心中充满爱，并为这份爱不懈奋斗，矢志不渝。这些人都是伟大而美丽的！平凡的人，若心中有爱并不懈传播，用生命、用执拗、用无私来诠释执着，也能给世界以温暖，也能使一份小爱蔓生成大爱，开出无涯的花。

拳王阿里

2016年6月，垂暮的拳王阿里终究敌不过病魔纠缠，转身离世。

阿里在台上，是个毫不留情的斗士；走下拳台，又是绝不让步的反战斗士。他的"王者风范"与"勇敢"，正是人们肯定和崇拜他的原因。

一次次受伤流血，却又一次次毅然地站起。他是勇敢的王者，有着惊人的毅力与勇气。他在拳台上快、准、狠，面对强手毫不留情地"挥手出击"；他在台下为坚持信念，为和平奔走呼号。在台上他需要勇气战胜对手，在台下他需要勇气战胜黑暗，迎接正义。

斗士转身离开，而王者永不退场。他的勇敢与坚毅，将在另一个舞台上恒久地演绎。

第 7 章

快乐生活

* 让世界听到我们的声音。

行动起来，做地球小卫士

随着裸露的土地急剧增加，随着濒临死亡的动物越来越多，随着沙尘暴影响的范围越来越大，我们共同的家园——地球，遇到了空前的生态危机。

地球仅仅是人类的地球吗？不！它并不仅仅属于人类，它属于地球上所有的生命。天空中自由飞翔的小鸟，草丛里悠闲漫步的蜗牛，不时高歌一曲的布谷鸟……这些生命，虽然那么微小，但是它们同样是地球的主人，同样希望过着半静而又祥和的生活。可是人类却无情地破坏它们的生活环境，迫使它们改变生活习性。

谁从地球上获得了最大的利益呢？从矿山到石油，从煤矿到钢铁，从动力火车到无处不在的塑料袋，人们的生活条件得到极大的提高，人类从地球上获得了最大的利益，而地球的资源却日益枯竭。当清澈的小河一条条减少、酸雨范围一天天扩大，地球生病了……我们生病了，可以吃药，可以打针，但是地球呢？

少丢一片垃圾，多种一棵树；少开一趟车，多走一段路。选择低碳的生活方式。虽然我们不能让全世界每个人都做到最好，但是我们可以从自己做起，从身边的人做起，一点一点为地球减轻负担。你知道吗？一个没有关紧的水龙头一天可以流失100千克的水，而100千克的水，可以供30位旱区小朋友一天的用水！全世界50多亿人（演讲时的数据），每人少用一个纸袋，就可以保护50万棵参天大树！为了地球的安危，为了旱区的小朋友少流一滴泪水，为了我们共同的家园，同学们，行动起来，让我们共同做地球的小卫士！谢谢大家！

永远的雷锋精神

如果你是一滴水，你是否滋润了一寸土地？如果你是一缕阳光，你是否照亮了一片黑暗？如果你是一粒粮食，你是否哺育了有用的生命？如果你是一颗螺丝钉，你是否永远坚守在你生活的岗位上？

每一次想起雷锋，就想起这句话。现在已经有许多人像雷锋一样，默默无闻，无私奉献。

来自实验学校508班的郑祉同学，就是我们身边学习雷锋精神的好榜样。他在学习上勤勤恳恳，爱动脑筋，谦虚地请教老师；在生活中，他助人为乐，体谅父母，深得老师的赞许。记得一个春天的早晨，同学们都走进了校门，准备迎接新的一天。可在校门南侧的道路上，有一位少先队员，他是谁呢？他为什么独自行走在这里呢？只见他弯下腰，捡起一位"不速之客"——一张广告宣传纸。这一幕被朱老师看到了，他隆重地给郑祉同学颁发了"实验榜样"的勋章，这也是实验学校颁发的第一枚勋章。

一个小小的动作，一片爱校的深情；一个小小的习惯，一份大大的荣誉。放眼我们美丽的校园，像郑祉这样的小雷锋还有很多，永远的雷锋精神已经像花儿盛开在实验学校的每个角落；放眼我们美丽的祖国，雷锋精神已经像春风般吹绿了大江南北。新疆"羊肉串慈善家"阿里木，以他朴素的恻隐之心，在人群中激荡起善良的涟漪；张平宜，放弃优越生活，只为照顾麻风病村的孩子，她抱起孤单的孩子，把无助的眼神化成了对世界的希望。

雷锋精神，是鼓舞了几代人的宝贵财富。在新时代的今天，它被赋予了更多的内涵。但无论以何种方式出现，它都有一个共同的标签：那就是人与人之间的爱！让我们记录这些身边的感动，让雷锋精神得到永远的传承！

Let the world hear our voice

Good afternoon, ladies and gentlemen!

I am Wu Aoqi from Deqing Senior High School. I am so honored to stand here to give a speech about the geospatial information congress. My topic is"*let the world hear our voices*".

The GIC will be held in DQ this November, which is a great honor to all the citizens. The past 20 years have seen dramatic changes which prove we are fit enough to hold this congress.

When I was a child, I lived in the southern part of our town and every time I looked through the window I saw wastelands and continued mountains, but now it has changed into high-rises and enchanting sceneries, that part of DQ now has a new name——The GI town.

Meanwhile,massive changes are taking place in the whole county. The sports center for us to enjoy a healthy life, the high speed railway provides a more convenient way to travel. The county library and many innovative cultural projects create a rich culture atmosphere. In the meantime, DQ has always be known for it's beautiful sights, the large tracts of bamboo forest and wetlands. We are hospitable enough to tell delegates from all over the world 'welcome to DQ!'

As you can see, DQ is in busy preparation, we are repairing the roads and buildings, we are building an egg-shaped meeting place, we did an survey on every citizens to all the citizens to make sure a secure surroundings. We are pride enough to tell the world "we are ready!"

This congress is held to discuss sustainable development and connect DQ to the world. Based on the advanced technology and economic progress, DQ is changing from an ancient water town to a modern city that can connect with the universe. Thus, we are confident enough to tell the world "We are looking forward to the future!"

Let the world hear our voices, hear our confidence, hospitability, pride and potential. Let's create a digital universe and share a promising future. From here to the world, a new DQ is on the horizon!

Thank you for your attention.

注: 本文是吴奥琪参加"文明迎地信, 我为美丽德清打Call"英文演讲比赛的演讲稿。在本次比赛中, 吴奥琪作为德清高级中学的代表之一, 荣获个人一等奖。指导老师: 曹晓霞。

演讲稿的译文如下：

让世界听到我们的声音

女士们先生们，下午好！

我是德清高中的吴奥琪，我很荣幸能站在这里为地理信息大会做演讲，我的主题是"让世界倾听我们的声音"。

全球首次地理信息政府间会议将于今年11月在德清举行，这对所有市民而言都是一个巨大的荣誉。在过去的20年里，我们经历了巨大的变化，这证明我们有足够的能力举行这次大会。

当我还是个孩子的时候，我住在武康镇的南部，时常透过窗户看到荒地和连绵不断的山脉，但现在它们已经变成了高耸的建筑和迷人的景色，现在这里已经有了一个新的名字——地理信息小镇。

与此同时，全县正在发生巨大的变化。体育中心为我们提供健康的生活，高速铁路为我们提供了更便捷的出行方式。县图书馆和许多创新的文化项目营造了浓厚的文化氛围。同时，德清一直以其美丽的风景、大片的竹林和湿地而闻名。我们非常热情地告诉来自世界各地的代表们："欢迎来到德清！"

如你所见，德清正在忙着准备工作，我们正在修路和建设，我们正在建造一个蛋形的会议场所，我们对每一位市民进行了调查，以确保周围环境安全。我们很自豪地告诉世界："我们准备好了！"

这次大会的目的是探讨可持续发展问题，把德清与世界进行接轨。在先进的技术和经济进步的基础上，德清正从一个古老的水乡变为一个可以与世界接轨的现代化城市。因此，我们有足够的信心告诉世界："我们期待着未来！"

让世界倾听我们的声音，倾听我们的自信、好客、骄傲和潜力。让我们创造一个数字世界，共享一个充满希望的未来。从这里到世界，一个新的德清即将到来！

谢谢您的倾听。

杭州极地海洋公园一日游

"太阳晒屁股啦!"妈妈早早地叫我起了床。原来,今天我们要去杭州极地海洋公园游玩。我没听妈妈讲完就迫不及待地穿好了衣服,准备出发!

到了目的地,迎接我们的是非常特别、生动的海洋馆。我们眼前是一只威武、高大的北极熊,下面是一条供北极熊游泳的小河。过了一会儿,我们对北极熊没兴趣了。走着走着,我们看见了北极狐和企鹅。有的北极狐在打架,可凶了,还有的走来走去,好像在说:"你们是谁,我好'怕怕'哦!"成群的企鹅,大摇大摆的,可爱极了,我还看见一只企鹅仔,它是哪家的宝宝呢!哦,我看见它的爸爸和妈妈了,好可爱的一家!继续往前走,我们看见了人鲨共舞、五百多岁的海龟、可爱的魔鬼鱼、可怕的食人鱼、成群结队的热带鱼等,让我印象特别深刻的还有红绿灯鱼。

转眼之间,一天过去了,夜幕降临,我只好依依不舍地离开了这个风景秀丽的地方——杭州。

湖州莲花庄

　　星期六下午，我格外兴奋。因为我可以去湖州玩一玩。到了湖州，爸爸、妈妈就带我去了莲花庄。刚进大门，我就看见了万物复苏、百花齐放的景象。看，二月兰好像在与我们招手，垂丝海棠用她那美丽的笑容迎接我们的到来，樱花也不甘落后，好像在说："欢迎，欢迎，热烈欢迎！"我们到了一家小店，可以在那里把一个白色的储蓄罐画上五彩缤纷的颜色。我挑了一个"兔子"画了起来，过了一会儿一个精美的"兔子"就做好了。天色晚了，妈妈叫我回家了。

　　回来的路上，我在想：今天不仅知道了很多花的名字，还和湖州这个城市交流了一下，我觉得今天收获真不少。

一场仿佛全世界都在等待的雨

九月，天气转凉。走在城北的前溪桥上，思绪翩翩。

雨 夜

那一排排路灯发出橙黄的光，一直延续到远方看不到的尽头。桥边静谧的水乡建筑，在苕溪河两岸灯光的掩映下，若隐若现。雨下得不疏不密，行人将伞斜靠在肩头。漫步在斑驳的石板桥上，四周静谧得可以听到雨滴洒落在伞上的声音，这样的感觉真好！走到石桥中间，石板上对着清波的"前溪桥"三个字，像是在这样一个又一个的雨夜里默默等待了数百年，默默倾诉着这个小填的故事。细小的雨珠让一切都模糊起来，石桥、灯光、房屋，让人感觉全世界都在等这场雨，等它带来静谧，等它带来这个小镇的美。藏青色的天空清晰地展现着那些微渺的光点，那是宇宙中最不可捉摸的光点，是人类始终崇敬而浪漫的存在。

雨 花

早开的几株桂花，被前几天突如其来的大雨打掉了些，留下一地的芬芳。花香亦淡了许多，而借着灯光，仍能窥到这纤小的美好，尚存梢间。不在意那个花朵燃烧的季节，早已过去，这迟来的九月花，在各种遮天蔽日的绿色中，依然独自绽放美好。

雨 街

　　街上的路人不多，车也少，挺安静。偶尔与一个打着伞的看不到脸的人匆匆擦肩而过。满地都是路灯洒下的光与影，"影子存在的意义就是让人们意识到任何的光明都有其黑暗的一面"，也许这就是生活的意义。

　　古桥、星光、花与叶、街上的路人、秋天、我。

　　还有，一场仿佛全世界都在等待的雨。

一双破球鞋的旅行记

大家好！我叫小宣，是一双漂亮的新球鞋。我生活在美国华盛顿贝宁路231号，我的主人是胖胖的小男孩——比·奥拉。每当奥拉带我去逛大街时，高跟鞋女士都会对我嗤之以鼻，仿佛我这种球鞋总是低人一等。有一次，她还把皮鞋警官叫来骂了我一通。哎！在美国的日子过得真不开心！

事情的转折发生在一个平凡的下午，奥拉带我去参加书画大赛，在那里我遇见了水晶鞋皇后，按照礼仪，我正准备向水晶鞋皇后敬礼，谁知我的小主人奥拉却在这个时候带我离开了书画现场。要知道在鞋子世界里，不向水晶鞋皇后敬礼是非常失礼的。果然不出所料，铁鞋保镖随之而来，饿狼似的把我围住，并把我痛打一顿。回家的路上，我一瘸一拐地，害得小主人摔了好几个跟头。主人一气之下，将我抛入河流中。自此，我离开了美国，开始了我的流浪生活。

外面的世界很精彩，没有水晶鞋皇后的骄横，也没有高跟鞋女士的傲慢。我带上面包，一路歌唱，跨越万水千山，风餐露宿，日夜兼程。我要去找新的主人，我相信会有新的生活在等着我。有时蜻蜓停在我头上，为我带来春的气息；偶尔，蜜蜂光顾我身旁，为我送来刚刚采集的蜂蜜。漂泊的旅途中，我困了，就在草丛中休息。有一天，我从睡梦中醒来，觉得脚底痒痒的，定睛一看，是一只打呼噜的蜗牛。原来，他把我当成了一个温暖的房子，我开始观察这个"不速之客"，小蜗牛浑身上下都是棕色的，只有眼睛是黑的，看他的睡相，肯定是累了。等他醒来，我们讲了彼此的经历。小蜗牛最大的理想是漫游全世界，但苦于动作太慢，他需要一艘船，我的到来，正好可以帮他实现这个"伟大"的理想。有了这个可爱的小伴侣，我感觉我的旅途更加愉快了！

海上的漂泊，在两个月以后结束了，老鹰大叔是我们最新的朋友，它带着我们开始了空中之旅。我们在空中发现有地方发生了地震，我匆匆与老鹰大叔告别，决心去帮助地震中的人们。我找到了一位在地震中幸存的小朋友，他正急需一双逃生的鞋子，我让他穿上后，朝老鹰大叔指引的安全方向飞奔。很快我们来到了安全的地带，他还找到了自己的妈妈。感受到他们团聚的喜悦，我体会到——帮助别人是这个世界上最美好的事情！

这次逃离危险后，我也找到了新的主人！但我有个秘密并未告诉他：在逃生的途中，如果水晶鞋皇后和高跟鞋女士也在，逃生的人们会选择哪一个呢？

【父亲寄语】 文如看山不喜平

　　《成长笔记》第181篇，和奥琪探讨"文如看山不喜平"，并认真阅读了孩子《一双破球鞋的旅行记》一文，文中的转折让大人也有"意料之外，情理之中"之感：先是小球鞋被抛弃，但它很快发现外面的世界很精彩。当它与小蜗牛偶遇，便产生了周游世界的梦想。最后通过老鹰大叔的帮忙，在地震中帮助了一位掉了鞋子的孩子，帮助他逃离危险，并找到妈妈。文章充满转折、戏剧性，同时又充满温情。

第 8 章

自思自勉

* 心怀感动，江河入海！

泉

她自冰雪之地衍生，
在阳光微醺中蓄势奔腾；
告别笨拙的冲撞，
告别寒冽的冰石白塔，
逶迤而行，流向远方。

远方是更为盛大的激进昂扬，
蹚过险滩，绕过青石，
她走过阳光投射的万千林海，
她看过红枫摇曳的自然之光，
采撷万物灵气，胸怀星辰海洋。

她终于在百花绽放的地方，
倾泻而下，一路精彩闪光，
心怀感动，江河入海！

专注脚下，才能仰望星空

最近，姚老师要求我写周记分析自己，并与文学社写稿的那些学长、学姐进行比较。我这次翻阅了校刊《东野》，将里面的文章和自己写的进行比较，看见的是自身的缺失。姚老师说这是一个对自己定位的问题。的确，我总是想着未来我要走多远，却懒于付诸行动，总想着将来去哪里读书，去哪里生活，却忽略了这条路有多坎坷，有多漫长。往小了说，这就是我上自习课与同学聊天的原因，出于想要放松一下的惰性心理，获得了短暂的快乐。而学习的专注力就这样慢慢地流失，大概只聊了一分钟不到的时间，而试问在我践行未来的道路上，还有多少个能够浪费的一分钟呢？其实只要我有把理想付诸在细节上的决心，必然不会浪费那一分钟。

只是仰望星空，却懒于脚踏实地，这就是我身上的问题。较于那些学长学姐，我不仅看到了他们坚定不移的理想，更看到他们一秒都不肯浪费的时间观念。看着他们奋斗的每一天，我感受到了他们炙热的呼吸和心跳。

我想到了一个故事。一位实业家，年轻时只会纸上谈兵，故一事无成。一天他正准备出门求职，父亲喊住他，让他高举手臂超过头顶，对他说："无论你的眼有多高，你的手永远比你的眼睛高。"无论你的眼界有多高，却从不着手实践，重视细节，就忽略了一个又一个一分钟。

王佳玲同学在演讲时说，她的写作不好，常常羡慕别人，却从不愿在上面花时间，回过头发现自己还在原点。猛然间，我觉得这也是我的问题所在：心比天高，手比眼低。有凌云之志，却因为贪图短暂的快乐，让自己的远方变得越来越模糊；脚踏实地，才能仰望星空，只有专注于每一分，坚定每一分钟的付出，才能拼搏出那条坎坷而又漫长的路。

被动下的主动

前几天的大会上，陆校长提出了一个大小礼拜的安排，强调了"苦学"的精神。听后满座哗然，大家有的更多的是一股怨气。最初的我也有这样的心情，但是木已成舟，静下来想想，既然结局已定，我们能做的，是如何让这个过程变得充实而有意义。

老师制定的休息时间，对我们来说是"被动"，"被动"接受紧张的学习计划，调整原有的作息时间。而这"被动"，是既定的，我们无法改变，但我们却能改变自身，在被动之下寻求主动：接受安排，并抛开怨气，让这十三天变得充实且有意义。与其因为这个，在学校里怨天尤人，影响周围人的心情，倒不如改变自身的心境，既来之，则安之。

反过来，老师常常会拿其他高中的一些学生与我们对比，而他们真的需要这样的"被动"吗？还是说他们心中一直有个坚定的自我，因而根本不需要用这样的强制来约束自我？我们与他们的差距，就在于他们有强大的内心和自我约束力，而我们没有。

而这被动的大环境，正是一种逐渐缩小我们之间差距的强制措施。高中三年，如果我们始终带着一股怨气来上学，那三年之后，必学无所成；但若是我们适应了这个环境，相信我们会由"被动"而逐渐转为主动。

临考的日子

第一次月考前的复习，内容杂、科目多，让我有些手忙脚乱。

历史、地理、政治三门课的背诵，完全打乱了我的复习计划，占用了我大量的时间。如果当初在每节课后都能趁热打铁，理清知识结构，如今就不至于这样焦头烂额、狼吞虎咽似的复习而来不及消化。而物理、化学、数学，理科的复习所占的时间实在太少，以至于心中没有底、漏洞多，这让我心慌意乱。心一慌，造成的疏漏就更大了，如此形成恶性循环。所以，我现在首要任务就是平静内心，抓住仅剩的一天，提高效率，注重质量。

这次月考所带来的反思，让我意识到学习不是一蹴而就的，功在平时，重在积累，一口吃不成胖子，这是太浅显不过的道理。在功课还未开始真正的繁忙时，我总有各种各样逃避的借口，等真正临考了才抱紧佛脚，又有何用？在上课时就踏实积累，便不会再慌乱如此。

多说无益，平静内心，把握当下吧！

心怀信仰，不断奔跑

阿甘，他跑过山川大河，跑遍日月星辰，跑过白浪滔天的海岸，跑过广袤无垠的沙漠和原野。沿着那条属于自己的无尽长路，一路奔跑，一路领略，因为他有信仰——对世间爱与善良的执着。

他是傻吗？他也许智商不高，也许头脑简单，但他却"人傻多福"。这是上帝赐予他的潜能：专注于一件事，做到极致。也是那条林荫大道下的女孩，大声呼喊着赐予他力量："跑，快跑！"这是一路无所畏惧的奔跑，更是头也不回地执着向前。有这样坚定的信念，什么不能做好呢？

他不只是跑了三年零两个月，而是从他挣开脚箍的那一天起，一生长跑。他坚信世间的真情与善，秉持着人性的美好，跑到天无涯、地无极。巴布、珍妮、中尉，他们是阿甘信仰存在的原因，他们也都和阿甘一样，是为了美好人生坚定的奔跑者。

坚定、美好、信仰，这些都是他们的代名词，阿甘让我们对这个世界更加充满信心，对这美好的岁月更加充满希望！他最终在那直上云霄的羽毛中找到了人生的意义；他对生活、对世界的期待与信任，对自我永不回头、勇往直前的坚定，长存世间。

雨　夜

　　阴雨蒙蒙，挽着丁思莹的手，漫步在操场的外圈。细细寻觅，忽然在铁丝网外面有一抹嫩黄映入我的眼帘，我们看着仅剩的时间，犹豫一下后奔了出去，绕到铁丝网外，再一次在众多树叶中，一眼便找到了它。

　　细看它不仅有嫩黄色，其边缘还染上了半圈的新绿，显得轻快明亮，雨后晶莹的水珠还在，伏在叶片上，舒展的叶脉显得清新而富有生机。它轻快明亮的色调，正如我们，拥有青春的活力，可以尽情地奔跑，简单而纯粹，没有杂色，没有虫啮的痕迹；又好像我们之间简单纯粹的同学情意。这一切，都在这片雨夜里，被雨珠放大了。

大学众生相

步入大学后,学习的主动性,以及个人的志向决定了一个人的状态。有人抱着混个文凭的心理进入大学,脑海里则是身边人所灌输的"大学里就轻松了"的观念,能逃的课就逃,不挂科就万事大吉。混了三四年后,蓦然回首,什么专业知识都不精通,狐朋狗友却结交了不少。

有人朝五晚九,早上匆匆忙忙去图书馆占位置,晚上吃完饭则策划着今晚要找一个不熄灯的地方,水房、食堂、洗衣房,他们充分享受并利用着大学里的学术、人文气息,他们与先哲碰撞出思想的火花,并运用到今后的工作上、社会生活中。他们不仅专业知识更丰富了,也进一步提升了文化修养。

两者的差距显而易见:一是志向。前者目光短浅,未曾规划好未来,而后者却早早为未来规划好了方向和道路,学习时心怀憧憬和激情。二是主动性。有了志向,却不积极主动,成天空想,容易被外界所吸引和影响,那么有志形于无志。

大学就好像一个连接高中与社会的中转站,又像一座需要翻越的分水岭。思想坚定,主动积极,注定会走得更远。

收 心

我常常问自己，还有两年半高中毕业，是继续中庸下去，平凡一生，还是学海作舟，奋力拼搏？答案无疑是后者。可我却常常只有三分钟热度，而后又继续心思浮躁，浑浑噩噩地过日子，原因是什么？

心不够静。我对梦中的美好未来期盼又渴望，却又对身边短暂的快乐恋恋不舍。我很容易被身边的人和事吸引，很难静下心来全身心地投入学习。我不能再做那"用心躁也"的蟹，终日无所寄托，吃不起两年的苦，却要用一辈子的时间去后悔。

该收收心了，虽然错过了太多，迷失了太久，但我有破釜沉舟的勇气和蓬勃的朝气，我有一个年轻人勇往直前的冲劲。但对于我来说，这些激情澎湃的词汇都不是我最缺的，我最缺的是那份安之若素的泰然，那些真正沉下心来做有意义的事情的时光。

从来没有一个人的成功是因为空有一腔热血，绝大部分的人都是因为集中投入地做好了每一件事。我缺少一份细致与沉静，我想要改变它，从而成为更好的自己。

一个人的城池

——致我的作品集

我的文字，虽然没有恢宏的意境、盛大的气势，没有精妙的构思，但每个篇章，每字每句，都是我内心最真诚的感动与领悟，它们值得被倾听，也值得被尊重。

这是我一个人的城池，在这里，我把生活点滴、喜怒哀乐、自思自省都悉数记下，勾勒出一个异彩纷呈的明天。它们都是我的改变、我的成长中最为忠实的见证者。在这座城池中，有我的内心沉淀，也有我的企盼与回望。不为分数，只为记载最炙热的心跳与生命脉动。在我垂垂老矣之时，从柜子里翻出泛黄的纸张，而文字间的情思，虽已隔数十年，却仍能使我感动不已。

我思故我在，一个人的城池，是我存在的证明。愿在那些风霜雨雪的日子里，我能回到内心的城池，找寻曾经的真我。

附录一
一张保存 18 年的信笺

孩子 18 岁了。家中有一张保存了 18 年的信笺——抄写的"12 条家教法则"。当时应该是抄写自《读者》或者其他杂志。当时，还没有网络，不像现在随便一查，便知是"美国家教 12 条黄金法则"。看到时只觉得很有益处、有道理，可以给我和爱人、孩子的爷爷奶奶参考。信笺有时放在书房，有时会张贴在孩子的房间门口。搬了几次家，都没有遗失，一直保存了 18 年，任何时候看看，都感觉有益处。

1. 归属法则：保证孩子在健康的家庭环境中成长。

2. 希望法则：永远让孩子看到希望。

3. 力量法则：永远不要与孩子斗强。

4. 管理法则：在孩子成年以前，管束是父母的责任。

5. 声音法则：尽管孩子在家里没有决定权，但是一定要倾听他们的声音。

6. 榜样法则：言传身教对孩子的影响是巨大的。

7. 求同存异法则：尊重孩子对世界的看法，并尽量理解他们。

8. 惩罚法则：这一法则容易使孩子产生逆反和报复心理，慎用！

9. 后果法则：让孩子了解其行为在现实世界中可能产生的后果。

10. 结构法则：教孩子从小了解道德和法律的界限。

11. 距离法则：培养孩子的独立意识时，父母与其需保持一定的距离。

12."四何"法则：任何情况下都要了解孩子跟何人在一起、在何地方、在干何事，以及何时回家。

从这12条基本法则中，我们可以看到，此家教几乎与读书、学习、成绩、升学无关，而是注重做人，注重品德、修养的培育，的确有值得借鉴之处。

附录二

18年的成长笔记

《成长笔记》第1篇 这一切，你知道吗？

小宝宝，你妈妈怀你已经2个月了，你可知道你年轻美丽的母亲昨晚为你吐了3次，白天又为你吐了。早上买菜途中，又为你吐了1次。每次吐，我都很难受，宁愿为她承受这一切。天气又冷，半夜起来吐，我怕她着凉，你的来临，为她增加了多少痛苦。而你，却倘佯在她温暖的怀里，这一切，你知道吗？（2000年11月24日）

《成长笔记》第2篇 宝宝出生64天，身高58厘米，体重连衣服重12斤。（2001年9月19日）

《成长笔记》第4篇 今天到武康城里，给奥琪买了30元的玩具：摇铃、转铃、七巧板、小黑板、看图识字卡片、卡通贴片。奥琪已经可以拿着玩具玩了，拿着摇铃放在脸边，放在嘴里，仿佛说："看，我能拿东西了！"（2001年10月20日）

《成长笔记》第5篇 宝宝能吃四分之一苞米糊了，自己趴在床上，还可以把头抬起来了，而前几天还不行，只能啃被单。（2001年10月28日）

《成长笔记》第7篇 夜里9点，到了宝宝睡觉的时候了，你每天都能按时睡，按时醒。看着你酣睡的样子，我们真的好开心，感觉这世界也变得亲切了！（2001年11月9日）

《成长笔记》第8篇 中国入世了！有人将"WTO"称为"经济联合国"，有人称之为政府的行政法庭。如果说，1964年中国加入联合国是选择与世界政治同盟，那么这次加入"WTO"可

以说是我们在经济层面与世界同步。（2001年11月10日，这天宝宝出生116天）

　　《成长笔记》第9篇　琪宝宝，感谢有你与我们共同度过生命的每一天，生活在一起，真好！（2001年11月18日）

　　《成长笔记》第10篇　琪宝宝已能趴在床上，将头昂起，眼视前方，仿佛自豪地说："爸，妈，你们看，我能行了！"这几天，她还吃了五口番薯。

　　《成长笔记》第11篇　琪宝宝的睡袋太小了，奶奶给她重新做了一个，等明天晒过太阳，就可以用了。（2001年11月22日）

　　《成长笔记》第12篇　琪宝宝已经身高64厘米了，从早到晚，嘴里叫个不停，单音、连续音、快慢音、高低音，各音兼备，果然一鸣不凡，一鸣惊人。莫干山的严冬要来了，今天我与她爷爷在安装火炉，她冷不防叫出一声："我——来！"仿佛在嫌我们装得太慢。（2001年12月1日）

　　《成长笔记》第13篇　从昨天开始，妈妈回家以后，奥琪已经知道张开双手，一是欢迎，二是要妈妈疼她。奥琪每天的变化，都会带来新的喜悦！（2001年12月9日）

　　《成长笔记》第14篇　奥琪已经可以吃饭了。（2001年12月16日）

　　《成长笔记》第15篇　奥琪已经能够坐在床上，还怔怔地看着我们，妈妈舍不得让你坐，说是对脊椎不好，又叫你趴在床上。不让你坐，你还不高兴。（2001年12月18日）

《成长笔记》第17篇　今天是奥琪降临之后的第一个元旦。从今天开始,奥琪2岁了。奥琪已经可以递糖给奶奶吃了,嘴里可以发出"啊——爸""妈——妈"的声音。新年好,宝宝!(2002年1月1日)

《成长笔记》第18篇　重大发现,在奥琪的下颚发现两个小小的白点——牙齿。但愿宝宝的牙齿遗传爸爸的硬度,妈妈的整齐。(2002年1月6日)

《成长笔记》第19篇　奥琪开始认生,能分清熟人、陌生人,一旦被不熟悉的阿姨、叔叔抱,就开始眼圈发红,眼里噙着泪光。(2002年1月8日)

《成长笔记》第22篇　奥琪,你爷爷奶奶要回老家半个月,参加你姑姑的婚礼,爸爸这么忙,妈妈也很辛苦,还要烧饭,难度不小,怎么办呢?(2002年1月12日)

《成长笔记》第24篇　奥琪,今天是我们家值得纪念的日子,我们决心在武康安家,买房子了!我们憧憬着在一个美丽、祥和的地方将你带大。今天也是你满6个月的日子,你依偎在妈妈的怀里吃奶,爸爸和房产公司的人谈合同,最后签上了自己的名字。这是爸爸妈妈和你共同的期望,无论未来如何,爸爸永远爱你,爱你妈妈,爱这个可爱的家!(2002年1月18日)

《成长笔记》第25篇　爷爷奶奶后天就要回来了,我们三口之家的"锻炼计划"通过了,我们家又要热闹起来了!奥琪已经可以扶着东西自己蹲下、屈膝、再站起来了。(2002年1月30日)

《成长笔记》第26篇　正月初一,今天是奥琪出生的第一个春节,全家在莫干山度过,奥琪穿着妈妈给买的唐装,可神气了!今年的莫干山,也仿佛与我们特别友好,天气好得出奇,晴空万里。(2002年2月12日)

《成长笔记》第28篇　在暖暖的火炉边,爸爸妈妈、爷爷奶奶陪伴着你,妈妈挽着你的双手,向爸爸走来,你嘴里已能发出"baba, mama"的声音,迈步已能有秩序地向前一步、两步、三步……长一点,短一点,快一点,慢一点,虽然还是依靠大家搀扶着向前,但相信在不久的将来,你就能迈开大步走!(2002年3月5日)

《成长笔记》第29篇　幸福是什么?就是听到奥琪稚嫩的声音"爸——爸,爸——爸"。爸爸比妈妈幸运,先听到你叫我。这也应了那句话"闲人总是先吃到热饭菜,忙人却相反"。奥琪"妈妈"的发音尚不准确,相信过不了几天,妈妈也会听到你那天使般的声音。(2002年3月10日)

《成长笔记》第31篇　爱子断奶,家中大事,全家动员,上下忙碌。(2002年3月13日)

《成长笔记》第32篇　孩子知道的第一样物品——电灯,当我们说"电灯"时,奥琪马上就能抬头看灯泡。即使白天,电灯未亮时,也是如此。(2002年3月27日)

《成长笔记》第34篇　奥琪会叫第一声"妈妈"了,但还不是很清楚,所以妈妈还不是很满意。我握着奥琪的手,在《成长笔

记》上写下：妈妈别担心，我会叫清楚的！（2002年5月9日）

《成长笔记》第35篇　奥琪已经能往前爬了，自己站在墙根，可以持续站八九秒，如果手搭在沙发上，已经可以站1分钟了。（2002年5月15日）

《成长笔记》第36篇　奥琪已经可以趴在床上，用手交替往前爬，并且可以自己在床上从爬姿变成坐姿。手里如果抓着硬物，就可以从蹲着站起来，在床上翻滚已经是"炉火纯青"了。

《成长笔记》第37篇　一路上有你。奥琪与妻还在酣睡，我已经看了1个多小时的书，并运动了半小时。奥琪从床的一头，边睡边滚，跑到另一头，你自足的样子，真是可爱！爸妈因为有你，感到无比的欣慰！（2002年6月20日）

《成长笔记》第38篇　今天爸爸不好，只顾看电视，让你从床上滚了下来。你哭了近20分钟，爸妈的心都碎了。照顾你，不能有丝毫的马虎。（2002年6月29日）

《成长笔记》第39篇　0点25分，奥琪在睡梦中哭醒，并且右手不能动，而左手烦躁地抓、打，在表姐的一再坚持下，我们决心到武康检查。果然，右手已经造成轻微的骨折，上了石膏，奥琪成了"伤号"。还这么小，就让你受这样的苦，爸妈心如刀绞。

包扎好手臂，看到你的笑，爸爸觉得像是天使在抚慰我的脸庞。如果你知道爸妈有多么爱你，就知道我们此刻心里有多么自责与难过。奶奶为了你老泪纵横，自从你降临之后，她一直好好的，但这一次她实在忍不住了。（2002年6月30日）

《成长笔记》第40篇 （妻子明娟写）你爸爸一直责怪妈妈，说没给你写过成长日记。其实妈妈也是很爱你的，只是这方面没有你爸爸勤快。我想以后的日子，如果你能遗传你爸爸的勤奋，加上你妈妈的小聪明，一定会把书念得棒棒的。下半年妈妈要参加职称考试，却常常会偷懒，你给我鼓励，好吗？"妈妈，妈妈，你自己不肯念书，还教我，我会向你学习的。""什么，这可不行，我一定会好好看书，还会通过这次考试的。"我们一起努力，爸爸负责监督我们，让我们一家三口一起进步吧！我祝你健康成长！爱你的妈妈！（2002年8月8日）

《成长笔记》第41篇 奥琪，你爸爸又通过了两门自学考试的课程，西方法律思想史65分，知识产权法76分。全家都很开心！永远铭记家人在我最为辛苦的时候给予的支持与温暖。（2002年8月9日）

《成长笔记》第43篇 奥琪已经能自己站稳2至4秒钟了，并且今天自己迈出了第一步，扶住窗户，能蹲下捡东西，然后自己站起来。（2002年8月25日）

《成长笔记》第44篇 奥琪生病住院，得了肺炎，让爸爸妈妈心疼不已，只好在医院多住几天。工作上压力大，此时此刻，唯有静下心来，认真思考，谨慎应对。（2002年9月5日）

《成长笔记》第45篇 奥琪能自己吃饭了，早上自己吃完了一碗稀饭。（2002年9月9日）

《成长笔记》第46篇 奥琪已经可以识别以下东西：衣服、

裤子、袜子、纽扣、五官、筷子、开关、电冰箱、凳子、电茶壶、骨头、碗。（2002年10月1日）

《成长笔记》第47篇　奥琪已经能清晰地叫出"阿姨、叔叔、舅舅、爷爷、橘子"，"爸爸妈妈"已经叫得"炉火纯青"。上次小厉阿姨打来电话，你一口气叫了五六句，叫得她乐开了花。（2002年10月6日）

《成长笔记》第48篇　爸妈埋头于考试、工作，周末在办公室学习或加班经常成为标配，不知有多少个周末没有好好陪你，好好帮助奶奶做些家务了。（2002年10月20日）

《成长笔记》第49篇　真正意义上学会走路！奥琪虽然走得摇摇摆摆，但已经可以在房间和客厅来回自由走动了，偶尔坐在地上，也能自己站起来，继续"巡视"家里。（2002年11月6日）

《成长笔记》第52篇　今天是公司考核的日子。可是奥琪宝宝却生病住院了，好想马上到你身边。（2002年12月19日）

《成长笔记》第53篇　夜里9点，窗外是皑皑的白雪，爸爸刚刚从办公室学习回来。新的一年里还是第一次给奥琪写心语。奥琪，爸爸妈妈、爷爷奶奶祝你新年健康、快乐！现在的奥琪，好像语言细胞特别发达，知道爸爸姓吴，叫小吴，妈妈姓陈，叫小陈。你妈妈叫我"吴承涛"，你也跟着叫"……涛"。还有一个"夸张"的动作，每次你和妈妈亲嘴，只有嘴对嘴才算数，否则就不算数。（2003年1月6日）

《成长笔记》第54篇　问奥琪爸爸叫什么名字，她说叫"吴爸爸"；问妈妈叫什么名字，她说叫"陈敏涛"。问她有没有尿尿，她说不要紧张。爸爸在写成长日记，她说爸爸不用写，奥琪写。背古诗"鹅鹅鹅，曲项向天歌。白毛浮绿水，红掌拨清波"。爸爸学英语，无从下手，你倒是学会了"Hellow""bye bye""apple""OK"等。（2003年3月17日）

《成长笔记》第55篇　奥琪学会骂人了，她会说"神经病、啰唆、爸爸不听话、恶心死了"。(2003年5月25日)

《成长笔记》第56篇　奥琪会讲故事了，下面是她讲的第一个故事：有一天，小老鼠吃饭饭，嘘嘘（尿尿）去了，调羹有辣椒，筷子没辣椒。（2003年3月31日）

《成长笔记》第57篇　昨夜，奥琪不肯入睡，被妈妈"打"了屁股。早晨，妈妈问奥琪，昨天奥琪不乖，被谁打了? 奥琪说"美国人"（恰好美国轰炸伊拉克）。（2003年4月10日）

《成长笔记》第59篇　奥琪能背下列古诗了:《鹅》《静夜思》《登鹳雀楼》《草》。（2003年5月7日）

《成长笔记》第60篇　奥琪，爸爸向你保证，努力20天，通过论文答辩。（2003年6月18日）

《成长笔记》第61篇　昨天你妈妈说你发烧了，你听到以后说："我发烧了，我发烧了。"给你量体温，你说："不疼的，轻点。"（2003年6月23日）

《成长笔记》第63篇　奥琪又会背古诗《回乡偶书》《寻隐者不遇》《春晓》了。（2003年7月23日）

《成长笔记》第65篇　奥琪小子会帮助妈妈跟我抢电视了，我要看《说不尽的毛泽东》，你妈妈要看都市生活剧，当你妈妈说"快换回来"，你也跟着说"快换回来"，一副凛然不可侵犯的样子。（2003年8月17日）

《成长笔记》第66篇　奥琪会唱这些歌了：《一分钱》《好妈妈》。（2003年8月21日）

《成长笔记》第67篇　我们头顶着头，奥琪说："我在看爸爸写成长日记。"（2003年9月2日）

《成长笔记》第68篇　（妻子明娟写）奥琪，因为没有把握好，考试没有过关。现在调到人事科之后，我决心复习人力资源师的考试。我要向你爸爸学习，再忙也要抽空看书，落后就要挨打！我向你保证，一定会通过这次考试。本保证由你爸爸负责监督。（2003年9月20日）

《成长笔记》第69篇　昨晚，爸爸在办公室看书，夜已深，奥琪要去爸爸那里。妈妈说："天很黑了，我们怕的。"奥琪说："怕什么？怕局长吗？"（2004年1月11日）

《成长笔记》第70篇　奥琪和爷爷奶奶去白云山馆玩，奶奶说，当时你爸爸妈妈就在这里吃饭，你当时在哪里呢？奥琪侧着脑袋说："未来世界。"（2004年1月20日）

《成长笔记》第71篇　奥琪吃药很乖，剪指甲也很乖。已经知道下列单词或短语："apple" "face" "bed" "mouth" "orange" "Happly new year!" "banana" "cheers" "nose" " hand" "mother""sun""Sit down please! ""coat"。（2004 年 2 月 2 日）

《成长笔记》第72篇　我和妻子明娟各发了一箱水果，箱子上有一位美女。奥琪说："上面这个阿姨是妈妈的，下面这个阿姨是爸爸的"。（2004年2月4日）

《成长笔记》第73篇　妈妈问："奥琪，你要妈妈疼疼睡，还是和奶奶一起睡？""妈妈。""快睡，等一下小朱叔叔来了，小朱叔叔也要生小宝宝了。""生个小猪猪（朱朱），哈哈！"（2004年2月29日）

《成长笔记》第74篇　爸爸问："奥琪，让妈妈再生个小弟弟好不好？""好，好。"妈妈说："好你个头。"奥琪坚持要，说："嗯，快拿来嘛！"（2004年3月5日）

《成长笔记》第75篇　奥琪第一次自己坐在凳子上吃饭，小脑袋刚好可以够着桌子。（2004年3月29日）

《成长笔记》第76篇　因为家里装修，奥琪随爷爷奶奶回庆元。每天打电话成了标配，妈妈说："奥琪先把饭吃了，我过会儿打来。""那你早点打来，等一下我出去玩了，你可别怪我哦！"（2004年5月5日）

《成长笔记》第77篇　电话里，奥琪问我："爸爸，我的房间装修好了没？""等你回来就好了，你的房间，小熊睡觉的地方都有。""小凳子有没有做好？""做好了。""我要一个坐的，一个写作业的，一个放小熊的。""好的，你和奶奶没钱了？""是的，只剩下一块钱了。"（2004年6月10日）

　　《成长笔记》第78篇　晚上在办公室学习，与奥琪通电话："宝宝，你在干什么？""我在玩。""你在玩什么？""我在玩，我在玩妈妈。"（2004年7月4日）

　　《成长笔记》第79篇　奥琪的第一篇想象作文（口述）：有一天，妈妈想出去玩，那个小猫咪"喵"的一声吓了妈妈一跳。那小猫咪是黄色的，不是黑色的，但眼睛是黑色的。它就跑到车下吃杨梅，跑到树林上（里）又跑下（出）来了。树林上（里）没有草，它就去找妈妈了，爸爸妈妈不见了，它就哭了。喵喵……（2004年7月9日）

　　《成长笔记》第80篇　奥琪说，下面的东西有翅膀：公鸡、小鸟、知了、蜜蜂、蝴蝶、鹅、鸭子。（2004年7月21日）

　　《成长笔记》第81篇　奥琪将小被单铺在床上，放上字典、纸巾、遥控器、手机。奥琪自己也坐了上去，她的"汽车"发动了。我问："是去欧洲、亚洲，还是美洲？"她抬起头说："我要去剑池。"（2004年7月30日）

　　《成长笔记》第84篇　今天全家忙碌，搬东西，明天是我们家正式搬入新居的日子！我问奥琪："换房子高兴吗？"她说："当然高兴。""喜欢在楼上看书，还是楼下？""楼下。""新房子里要放什么？""一瓶牛奶、一瓶乳娃娃、车子、窗帘。""我们没有车库怎么办？""车库，再画一个。"（2004年8月15日）

　　《成长笔记》第88篇　今天是奥琪上幼儿园的第一天。（事先听了幼儿园老师小妹的意见，让奥琪提前两天去幼儿园玩一下，当她最想玩的时候，带回家来。这样去上学时，她就很期待，就不会哭了）回家后，奥琪说："有些小朋友哭，我没有哭。"奥琪拿着一个小红花，中间有个"奖"字，不知往哪里放，说要贴在手上，让爸爸回到家就能看到。（2004年9月2日）

《成长笔记》第89篇 奥琪说："爸爸，我会拧毛巾了。""是幼儿园里学到的吗？""不是幼儿园里学的，是长大以后学的。"（2004年9月2日）

《成长笔记》第90篇 奥琪学会的第一首儿歌："爸爸妈妈去上班，我上幼儿园，也不哭，也不闹，叫声老师早。"下班到家，马上告诉我："爸爸，我又有大红花了。早上到幼儿园，有点想哭，后来就哭了。"（2004年9月3日）

《成长笔记》第91篇 奥琪一回来，就唱着："我喜欢幼儿园，幼儿园里朋友多！"老师说奥琪很漂亮，也很乖，当我问她时，她却得意地说："忘了。"还说："一个穿红衣服的小朋友和我很好，坐在我边上。"妈妈一进门，奥琪就报告："我又有五角星了，唐僧、孙悟空也认识了，猪八戒也认识了！"（2004年9月6日）

《成长笔记》第93篇 今天奥琪学的儿歌是："两只小狗见了面，互相亲亲鼻子尖；两个小鸭见了面，摇摇尾巴点点头；两个小孩见了面，亲亲热热把手牵。"（2004年9月23日）

《成长笔记》第94篇 今天奥琪学到的儿歌是："我们的妈妈是地球，星星的妈妈是天空，鱼儿的妈妈是海洋，我们的妈妈

是祖国。"（2004年9月24日）

《成长笔记》第95篇　今年的中秋节，奥琪已经是一个活泼机灵的孩子了。她跟外婆说："等一下太阳出来，我们去看……"学的儿歌是："两个小朋友，出来走一走，见面握握手；四个小朋友，出来走一走，见面握握手；六个、八个……"（2004年9月28日）

《成长笔记》第96篇　今天爸爸交给妈妈一个任务，与奥琪共同观察家中的水植吊兰。奥琪负责说，妈妈负责记录："吊兰的根是白色的，头上是尖尖的……"奥琪还唱了一首儿歌："小手小手变魔术，变成小兔跳跳跳，变成小猫喵喵喵，变成公鸡喔喔喔。老师见了微微笑，同学夸我手真巧。"（2004年10月12日）

《成长笔记》第97篇　奥琪能把一只签字笔组装好，具备了基本的结构意识。（2004年10月12日）

《成长笔记》第98篇　改歌词，奥琪学了一首儿歌："小马自己跑，小鸟自己飞，我是好宝宝，不用大人抱。"临睡前，她自己改成："小马自己跑，小鸟自己飞，我不是好宝宝，走路要人抱。"（2004年10月18日）

《成长笔记》第99篇　奥琪去看"莫干山登山节"，看爸爸跑步，还有阿龙叔叔也在跑，莫干山管理局队获得团体第四名。还去看了"德华之夜"灯火秀，奥琪描述烟花"有的像降落伞，有的像花草，有的像花雨，有的像小蝌蚪"。（2004年10月24日）

《成长笔记》第100篇　好友约我们到乡下钓鱼。在一片田野里，我们看到农民伯伯在打稻谷。遇到一位拾稻穗的小男孩，他说自己读四年级，老家是安徽，因为家中粮食不够，与妈妈一起出来拾稻穗。我和奥琪说："要节约粮食。"奥琪说："是的!"奥琪今天刷牙的时候不乖。(2004年11月6日)

《成长笔记》第101篇　今天，奥琪放假了，获得了老师很好的评语：奥琪善于帮助他人。有话跟他人好好说，懂道理。这是让父母为你感到骄傲的优秀品质。另外，奥琪还获得了"聪明宝宝"的称号。今天，还与奥琪一起研究了吸铁石的原理。（2005年1月26日）

《成长笔记》第102篇　今天与奥琪、妻子明娟，还有朋友到乡下踏青。幸福有时候很简单，踏梅、履风、听松，寻常处也有值得珍惜的时光!（2005年5月15日）

《成长笔记》第104篇　到自学考试办公室，吴老师在我的档案袋上面写上"好"，随后放进柜子。走出来，觉得好轻松，夫人在边上说："这个读书郎总算是读好了!"自学考试的本科学历，总算完成全部课程! 感谢这么多年夫人的陪伴与支持，感谢奥琪，感谢家人的支持与理解! 10年的含辛茹苦，一个中专生，要提高学历，学点真本事，还真是不容易!（2005年6月5日）

《成长笔记》第107篇　今天是奥琪小班结业的日子，我把她接出来以后，全家上莫干山避暑去了。（2005年6月29日）

《成长笔记》第108篇　奥琪与我共同找一家干洗店还雨伞，我凭经验认为是原先的一家干洗店的。她在后面大叫："这里、这里，这里有个小白兔!"我下车一问，果真是这里。奥琪是

个注意观察的孩子。（2005年7月8日）

《成长笔记》第110篇　奥琪，今天你妈妈去考试，也是我拿到自考本科毕业证的日子。比毕业证更可贵的是亲人的爱，我在家人的爱与支持中，完成了这次苦旅。（2005年7月25日）

《成长笔记》第111篇　奥琪讲述放飞知了的故事：知了有六条腿，它的嘴巴像吸管，它有两对翅膀，我还看见它的屁股像杯子。最后，我们把知了放回家找妈妈了。（2005年8月9日）

《成长笔记》第113篇　与奥琪在莫干山剑池蹚水，奥琪不小心掉到了水里，后来穿着我的衣服回家，那样子真逗！我们还将折好的小船放在水里，顺水漂向下游，我负责接住，开心地玩了半天。（2005年8月14日）

《成长笔记》第116篇　爷爷需要坐班车上莫干山，奥琪自告奋勇地说："爷爷，班车上你就说是奥琪的爷爷好了……"这孩子觉得自己名气不小，只要通报她的名字就可以了。幸福的日子就这样静静地流淌着。（2005年10月1日）

《成长笔记》第118篇　今天是个特殊的日子，我们一家三口参加了武康幼儿园"庆六一"晚会。我们表演了歌舞《大长今》，奥琪跳舞，妻子明娟打鼓，我写书法。我们第12个出场，奥琪清楚地介绍：大家好！今天我们为大家表演《大长今》，这是我妈妈，她为我打鼓；这是我爸爸，他为我写书法。

我写的书法内容是"财上平如水，人中直似衡"。这句话取自韩国名著《商道》，愿中韩文化交流源远流长，愿武康幼儿园

培养出更多心怀天下的年轻才俊！（2006年5月30日）

《成长笔记》第120篇　奥琪的想象作文《星星的家》：星星的妈妈笑眯眯地下班回家了，她拎着一个包，星星的爸爸也回家了，他们走在轨道上。妈妈走到交叉路口等爸爸，等爸爸也走到时，一起回家。13束流星降落下来，一束花长在气球中，所以它不会掉下来。还看见了高楼大厦，还有一条没有修好的路，它的颜色是黄色的……（2006年10月6日）

《成长笔记》第121篇　从你降临的那一刻，我不曾想到你会如此勇敢，面对几百号人，翩翩起舞。你像繁星中的一颗，平凡又不平凡，是我们的骄傲。感谢神灵，赐予你阳光、智慧、爱护、教育，我们痴痴地笑着、醉着，忘记了时间已停留。从你降临的那一刻，我不曾想到你会如此美丽。

（本文作于2006年6月1日儿童节。这天奥琪在千秋广场表演，全家前往观看。我借碧龙兄的摄像机摄影，却没有录制好。2006年11月26日补记在《成长笔记》上）

《成长笔记》第122篇　奥琪从电子琴学习转向钢琴学习的第一天。（2006年11月26日）

《成长笔记》第123篇　奥琪在武康幼儿园手臂受伤，今日从浙医二院回来，我和妻子明娟身心俱疲，恍如隔世。表弟发章送我们回德清，真切感受到亲人的温暖。（2006年12月8日）

《成长笔记》第124篇　时光飞逝，转眼已是2007年，昨天刚刚带着春节的喜庆回到武康。今天一早，和奥琪、吴琼一起去考察武康幼儿园，可惜门没有开，奥琪喜欢这个美丽的校园。

中午午睡，奥琪第一次自己在房间里午睡，我还在她的门上贴了一张小字条：奥琪在此休息，请勿打扰。相互道过午安后，我们都开始午休。下午3时许，我轻轻开门，只见奥琪衣服整齐地叠在床头，茶杯和餐巾纸整齐地放好，头的一侧，是一摞《幼儿画报》，以及她喜欢看的书，窗帘是自己放下的。她睡得可安稳了，我轻轻地关上门，未吵醒她。

愿奥琪在新的一年里开心愉快！愿爸爸妈妈在新的一年里身体健康！愿我和明娟在新的一年里一切顺利！（2007年2月28日）

《成长笔记》第125篇　今天刚从外地出差回来，奥琪和明娟在窗口招手等待我，感觉好美！奥琪告诉我："我已经可以弹红色的本子了！"我第一次看到她用左右手合作弹奏，真好听！（2007年3月20日）

《成长笔记》第126篇　看到奥琪的手指在琴键上跳动，《湖上天鹅》《交通警》《奔流的河》《音乐台阶》……一首首歌曲真让人觉得愉快。当我和明娟有一天老去的时候，有个人在边上，轻轻为我们弹一曲，那肯定是我们最大的愉悦！奥琪快乐学琴的态度，真让我们感到欣喜与敬佩，这方面我和明娟需要向她学习。（2007年4月1日）

《成长笔记》第127篇　我有时也会细思量，枯燥地反复练琴，为何会变成我和孩子"一串珍珠般的快乐回忆"。主要是孩子自己的坚持，另外我也有下列几个小办法：常常放些小动物玩具在琴边上，"听"奥琪弹琴；从老师家里出来，我双手拎起自行车，让自行车在空中转动、飞舞；一路骑车去老师家，一路"飞""出发""加油""打气"，一路欢歌笑语，淡化学琴的痛苦预期；让奥琪学骑自行车，学琴的辛苦顿时烟消云散！全家甘当好学生，虚心向奥琪请教，经常"入场"听奥琪的"专场演奏会"；让奥琪自己将"我要学钢琴"的字条写下来，放入成长日记；与孩子一起储蓄，一起凑齐买钢琴的钱；共同探讨学琴的苦与乐；过年的贺卡，会给奥琪写上：快乐学习、快乐学琴、快乐生活；放飞风筝的时候，在风筝上写下"开心学琴"，让风儿带去告诉太阳公公；充分尊重奥琪的选择，放弃辛苦的跳舞，继续学琴；用录音机录下奥琪弹的曲目，供以后对照，让奥琪检视自己取得的进步。（2007年4月25日）

《成长笔记》第128篇　看到山村困难孩子的相关报道，与奥琪一起寄书籍给《钱江晚报》，请他们转寄给缺少书籍的小朋友。（2007年6月2日）

《成长笔记》第130篇　奥琪，今天爸爸参加了你的家长会，范老师在几十位家长面前，不吝用最美好的词语表扬你，你父亲从未像今天这么自豪。虽然外面下着瓢泼大雨，而我的心却像灌了蜜一样。范老师说："你是班里最优秀的孩子，是很多同学的榜样，上课非常认真地听讲，举手表述时条理非常清晰，很多同学都非常乐意与你为伴！"

相信老师的鼓励，不会让我们自满，相反会激励我们更加优秀。快乐学习、快乐生活、快乐教育，让我们从心（新）出发！

（2007年6月13日）

《成长笔记》第136篇　奥琪今天第一次谱曲《狂风》：

15352545　15351535　15555　13333　12222。奥琪说她最喜欢的

是《小圆舞曲》。（2007年9月21日）

《成长笔记》第141篇　奥琪的身高记载：2004年8月30日

92.6厘米；2005年1月22日　96.8厘米；2005年3月13日　97.8厘

米；2005年8月27日　100.9厘米；2005年11月15日　101.8厘米；

2005年12月27日　103.0厘米；2006年2月9日　104.7厘米；2006

年9月15日　107.2厘米；2006年10月28日　108.3厘米；2006年11

月18日　109.8厘米；2007年4月22日　112.4厘米；2007年5月31日

113.4厘米；2007年7月3日　114厘米；2007年10月31日　115.7厘

米。（2007年10月31日）

《成长笔记》第146篇　《成长笔记》中一直夹着《家庭教育

十二条法则》一文，重新阅读时，感慨良多。此时，奥琪已经是

一年级的孩子，而当时奥琪还是一个幼儿园的孩子。其实，教育

对于每个人而言，都是第一次，第一次面对五岁的孩子、六岁的

孩子、八岁的孩子、九岁的孩子……不断在变的时代，不断在成

长的孩子，每个人都在面对一个全新的环境、全新的孩子。作为

父亲，感慨良多，重新抄写《家庭教育十二条法则》一文，以志回

忆。（2007年12月9日）

《成长笔记》第148篇　很快，时间之神将我们带入2008年。

今年，我们的国家将迎来奥运会这一体育盛事。想当初，奥琪的预产期也是奥运会申办成功的当天，萨马兰奇宣布"北京！"当时激动万分！今年，我们可爱的小家庭也将搬到新的房子居住——桂花城。理性、从容、包容地面对这个纷繁复杂的世界，您好！2008！（2008年1月1日）

《成长笔记》第151篇　和奥琪探讨学琴的苦与乐。老师走了之后，我问奥琪："有没有后悔当时选择学琴？""不后悔！""当你被老师骂的时候，也不后悔吗？""不……会，学得好的时候，也很快乐啊！""其他小朋友在玩，你要学琴，不能去玩，也不后悔吗？""有时候，你们睡觉了，我自己弹得很美，也是玩呀！""你觉得学琴最快乐的是什么？最辛苦的是什么？""最快乐的是弹得好，被老师表扬；最辛苦的是被老师批评。""你觉得学琴能给你的未来带来什么？""快乐！哎，爸爸，你喜欢听乱弹琴吗？喜欢听我弹琴吗？""喜欢，爸爸由衷地喜欢听你弹琴！"（2008年1月8日）

《成长笔记》第164篇　今天是个灿烂的日子，但奥琪却在数学考试上得了一个"良"，是班里5个孩子中的一个，这真不是一个好消息。（2009年4月23日）

《成长笔记》第167篇　奥琪尝试调查小区绿化树木的开花时节，用上数码相机，并做好记录，又可以结合运动，一举多得！（2009年5月1日）

《成长笔记》第168篇　我们请奥琪给自己最近的表现写一

篇成长日记。

好消息：

我的作文得到老师的表扬，原因：①不知道；②写不出来；③我困死了。

入选"六一"合唱队，原因：①我歌唱得好；②应老师相信找。

坏消息：

我数学得了良，原因：①太粗心大意；②没认真检查；③口算不过关。（2009年5月8日）

《成长笔记》第169篇　窗口飘出的琴声。今天在小区里遇见几位邻居，他们好奇地问："这琴声是从你们家飘出来的吧？"我说："是的。"心底还是很自豪的。（2009年8月20日）

《成长笔记》第171篇　今天，奥琪的表现出乎我们的意料，她脱稿演讲参加竞聘"文娱委员"，当她尚未讲完最后一个句号时，全班已经响起"鱼雷"般的掌声，这掌声差点没把她吓晕。她解释说："机会只垂青有准备的头脑。"从找资料、写稿子到训练……她自己完成了整个过程。（2009年9月16日）

《成长笔记》第172篇　奥琪以37票当选为班长。全家为此乐开了怀，岳父母还为此推迟了回浦江的日子。（2009年9月17日）

《成长笔记》第173篇　奥琪晚上突发奇想，说："老师让我们多了很多人生的转折！"我说这是"奥琪名言"。（2009年9月

22日）

《成长笔记》第176篇　奥琪在记录名人名言时，问我："古代的子，除了孔子还有哪些？"我说："还有孙子、墨子、庄子、荀子……""庄子是什么人？""庄子是用汉语写文章非常好的一位思想家，文笔优美、奔放。"奥琪陡然对庄子产生了兴趣，请我给她打一篇庄子的文章，我打了《秋水》《逍遥游》给她。（2009年11月3日）

《成长笔记》第177篇　奥琪今天与几位同学一同出黑板报，这是在Miss Chen的鼓励下完成的，奥琪她们也是第一个被选中的小组，主题是"走近科学"。奥琪还对自己做了评价："这个学期是我进步最快的学期，对吧？"我说是的。（2009年11月12日）

《成长笔记》第178篇　出差回家路上，就收到奥琪的电话，说有几个"比宇宙还要大的好消息"要告诉我，我说"好啊！"

第一，英语测试我拿了98分；第二，器乐比赛，我拿了优胜奖，奖状在老师那里；第三，应老师问我，这个暑假能否去跟她学唱歌；（我插了一句"行啊！"奥琪说："我就知道你会这样回答。"）第四，我们班的英语口语比赛得了奖，Miss Chen让我去拿奖状；第五，是讲到第五了吧？（我说"是的"）明天我们的"茉莉花"小组，要到一个很好的多功能厅，椅子可以自由转动的多功能厅去表演。下午我们彩排过了，老师说效果不错！

晚上散步，遇到奥琪同学，奥琪还不忘交代一下："把茉莉

花的谱子记熟一点喔!"那位同学回答:"好的!"（2010年6月17日）

《成长笔记》第179篇　全家赴海南,疗休养。置身海南的天地之间,才知道旅游岛之魅力,感谢生活,感恩天地之大,人生之无限、家庭之珍贵,尽在体验中。经过碧海蓝天的洗礼,全家仿佛都进入一个新的状态之中。（2010年8月26日）

《成长笔记》第180篇　记于嘉兴平湖。奥琪的作文结尾从"我开开心心地回到家""我觉得今天真是开心快乐的一天"等,转变为"我们不能忽视生活中美好的一点一滴哦!""信赖有时候可以创造奇迹!""走在朴素而古老的小径上……"结尾变得有生气、有哲理了,值得点一个赞!（2010年10月30日）

《成长笔记》第182篇　有感于德清实验学校的校园文化,谨以此文献给实验学校:《十年后,我和女儿重返实验学校》。

岁月如梭,十年,恍如白驹过隙,/无数次和女儿设想/重回德清实验学校/穿过德育路,就是xxx路/穿过林荫小径,就是图书馆/图书馆的西侧,就是科技楼/学校的一切,对女儿来说是那么的熟悉/那位木樨树下掠过的长发女孩/仿佛是奥琪往日的同桌/墙上的星卡存折/哪一张是奥琪的呢?香樟树仿佛还认识我们/拉着长长的身影/邀请我们到树荫下小坐/"实验的春天,已经来临……"/尽管依依不舍,明天奥琪又要踏上新的征程/去往她心仪的大学/与风相约,与香樟树拉钩,与草地默语/在银杏硕果挂满枝头的季节/我们还将重访实验/拜访曾经的师长,

拜访这座铸塑奥琪灵魂性格的学校。(2010年11月23日)

《成长笔记》第184篇 新年伊始,我们家庭获得第一项"大荣誉":入选首届好家长,成为408班好家长代表(每班仅2位)。(2011年1月13日)

《成长笔记》第185篇 梳理值得推荐的教育书籍:《卡尔·威特的教育》《考察美国教育的36天》《蹲下来和孩子交流》《好孩子成长100禁句》《我的职业是父亲》等。孩子每天都在成长,知识在不断更新,大人也需要每天更新自己,认真对待孩子的每次提问,关注孩子每天的点滴进步。(2011年2月5日)

《成长笔记》第186篇 家庭教育感悟:家庭教育的指导思想应该是平等、快乐、多元化的。为了了解雕版印刷、毕昇等知识,我们到杭州市博物馆现场体验;为了助力孩子的性格养成,我们会选择到长城、故宫、圆明园、黄山、海南等地旅游;我们认为快乐学习的范畴是很广的,功课只是其中一部分。尽管功课是关键的一部分,但绝对不是全部。(2011年5月10日)

《成长笔记》第187篇 与奥琪一起制作"历史长卷",将中国历史上的著名人物、事件,一一罗列在长卷上。感谢一册29.8元的《世界上下五千年》,让我们知道了亚里士多德、哥伦布、哥白尼、《春秋》、逍遥学派等,这样开放的学习方式、学习广度与角度,让大人也深受其益。(2011年9月12日)

《成长笔记》第188篇 (奥琪记录)《纽约时报》5月25日采访我爸爸。(2012年5月25日)

　　《成长笔记》第189篇　今天明娟和奥琪共同见证我的学位授予仪式。明娟还忍着腰痛为大家摄影，让我心疼不已。和奥琪分享了竺可桢老校长的两个著名叩问："诸位在校，有两个问题要自己问问，第一：到浙大来做什么？第二：将来要做什么样的人？"（2012年6月25日）

　　《成长笔记》第190篇　奥琪在我的《成长笔记》上涂鸦了一幅画，并注明"奥琪名画，价值：10000000000000元"。（2012年8月5日）

　　《成长笔记》第191篇　奥琪数学考了84+10，还有多少时间呢？有感于此，她画了一幅画。学习犹如一座通向未来的桥，"努力"与"谨慎"构成桥的两个基础，桥的一侧是"现在"，桥梁的桥面是"快乐"，另一侧是随时因为现在而改变的"未来"。（2012年11月6日）

　　《成长笔记》第192篇　不觉间，新年了！奥琪一早顺手温习了《黄河》钢琴曲，就像结识新朋友，不忘老朋友。当你无聊、伤心、喜悦时，钢琴都像一位默默无闻的朋友，愿意等待与你的真诚交流。（2013年1月1日）

　　《成长笔记》第193篇　奥琪正式开学第一天，被评为"学校孝顺之星"，全校共6名代表，上台领奖，好威风喔！今天写的《记沈之初印象》被老师表扬。老师还问奥琪："是否有家长辅导？"奥琪自豪地回答："没有哦，是自己写的！"来自孩子内心的思考，是最有力量的。（2012年9月3日）

　　《成长笔记》第195篇　今天与奥琪探讨学习方法。她说，英语主要是要与生活相联系，如：be going to +动词原型，可以实际举个例子来记住它。数学是思考它是否还有其他的解题思路，举一反三。语文主要依靠生活的积累，把好的词句用到写作、做题中去。（2013年1月5日）

　　《成长笔记》第196篇　可爱的《成长笔记》要换本子了！昨天也是奥琪期末考试成绩揭晓的日子，她以386分名列班级第二，这是她改进学习方法之后，获得的较为明显的进步。（2013年1月31日）

　　《成长笔记》第197篇　（妻子明娟写）亲爱的小奥同学：

　　恭喜你已经成为华盛达学校的学生，曾经我们是多么想进这所德清目前最好的初中，今天我们进去了，祝贺你！妈妈希望你以崭新的面貌来迎接3年初中生活。今天我们刚刚从厦门回来，有那么多家务需要做，妈妈还是放下家务，给你先写这一篇成长笔记。3年的华盛达学校的学习，我相信你也会像小学一样快乐的。Are you ok? 爱你的妈妈！（2013年8月4日）

　　《成长笔记》第199篇　中国父亲节。

　　时间的思考：今天与奥琪探讨时间管理。一个人一生大概有2.5万天，除去睡觉、吃饭、儿时、衰老等时间，有效的工作学习时间只有7200天，如何管理好这7200个珍贵的日子，真是一个值得好好研究的问题。（2013年8月8日）

　　《成长笔记》第200篇　进入新的集体，各路英豪相聚，竞争也不一样了。通过一周多"努力与方法"的体验，奥琪获得英语竞赛年段二等奖。我们将之比喻成"快乐的土豆"，希望收获更多这样的土豆吧！听说语文论文竞赛也可能会获得"快乐的土豆"，结果还没有揭晓，还是静候佳音吧！（2013年9月6日）

《成长笔记》第204篇　今天奥琪写了书评《也许我们才是狼》，是我第一次在她的初中作文里看到比较系统的思想、较深的见地，文章的详略、篇幅也都处理得很好。（2014年2月21日）

《成长笔记》第208篇　亲爱的小奥琪，今天是糟糕的一天，我们在"战火弥漫"中度过一个"父亲节"，我的态度不好，你对学习也不够仔细。（2014年6月14日）

《成长笔记》第209篇　孩子，声音勿要这么大，/有时候，我们只是想帮助你。/看到下滑的成绩，/我们很着急，/我们也不希望布置这个、布置那个。/但有时，我们却不得不成为/我们彼此都不喜欢的角色。（2014年10月25日）

《成长笔记》第211篇　时光流逝，已经是初二上的尾声。奥琪仿佛逐渐"自知""自悟"，知道学习的重点，考前的温习。最近喜报连连，奥琪代表班里参加全国青少年作文竞赛，还获得英语能力竞赛三等奖。快乐学习是方法，也是一种态度。付出与效率，永远是学习的压舱石！（2014年11月18日）

《成长笔记》第216篇　暂时的失败并不可怕，关键是要用另外一次成功，证明当下的失败只是一种偶然。失败不可避免，人与人的差别是，面对失败的态度。（2015年3月18日）

《成长笔记》第217篇 今天做义工，收到一位游客赠送的雨伞。其实，生活中经常有"苦与乐"的哲理。是被"苦"的情绪所包围，还是看到暴雨如注之中犹如彩虹降临的善意，苦与乐，往往只在一念之间。（2015年8月15日）

《成长笔记》第222篇 奥琪和爸爸的读书清单：

奥琪：《林肯传》《家》《春》《秋》《数字城堡》《丧钟为谁而鸣》《暮光之城》《尖子生》《理智与情感》《额尔古纳河右岸》……

爸爸：《林肯传》《华盛顿传》《民间影像（六）》《邬达克与他的时代》《中国误会了袁世凯》《夏日绘影——庐山的浮华往事》《中国近代史》《中国文学简史》《淮军公所》……（2015年10月6日）

《成长笔记》第223篇 我和奥琪陪同厦门大学李琦教授吃德清的羊肉面。李教授给予奥琪勉励："奥琪学业进益，定是她用心，也是资质使然。"（2015年11月22日）

《成长笔记》第224篇 学问、学问，总是从"学"与"问"中来，遇到不懂的地方，自己捂着，就像生了病的人，忌医、怕医，后果不堪设想。知之为知之，不知为不知，然也。（2015年11月23日）

《成长笔记》第227篇 自创写好作文的"四把快乐的钥匙"：一个简单、明了、富有哲理的题目，一个主题鲜明、观点新颖、正能量的开头，一个层次分明、层层递进的论证，一个意味

深长、回应主题的结尾。(2015年12月2日)

《成长笔记》第228篇　终生难忘的考高中重点班。4月16日，奥琪考高中提前批，回家感觉不好，大哭了一场。17日，她和同学去春游，放松心情。我们回浦江看外公。17日中午，好友汤根忠打来电话，说奥琪已超过分数线20多分考上重点班。听到这消息，你妈妈有些晕厥，简直不相信这一事实。奥琪得知后，也是非常喜悦!(2016年4月17日)

《成长笔记》第229篇　得一句，益一生。在高中提前批考试之后，奥琪觉得自己感觉不好，她自语道："看来努力也是没有用的。"后来知道自己还是考上了之后，她说："看来努力还是有用的!"真是得一句，益一生啊!(2016年6月12日)

《成长笔记》第230篇　一个小男孩，在海滩上捡起一条条小鱼，抛回大海中。一个大人走过来，问："小孩，这么多的鱼，你怎么抛得完，谁会在乎你的举动呢?"小孩指着手上的鱼说："这条鱼在乎!"他将它抛入海中，接着又捡起一条："这条鱼也在乎……"

实实在在地解决好眼前的事，先不要被不可预知的困难吓倒。其实，我们有时候就是这个小男孩。(2016年6月20日)

《成长笔记》第231篇　闭上眼睛想一想，奥琪，其实你和德清的文科状元就相差几张桌子的距离。当然，也有可能就是你。因为，你通过自己的努力，已经进入最好的文科班。"心静即道场。"好好努力吧!关于语文，爸爸提点建议供你参考:高中语文是与大学语文相衔接的，是一个人走向严肃思考、全面思考、理性思考的最后一个阶段，课内大家的效率都是相差不大的，课外时间的利用往往决定大家的结果。要从生活中去尝试思辨性思维、层次性思维、正反比较性思维。（2016年6月30日）

《成长笔记》第232篇　全身瘫痪的霍金尚且在理科方面获得如此非凡成就，何况我们健全的人！我们应该有学好理科的信心。（2016年7月3日）

《成长笔记》第242篇　孩子，当你的眼里都是对手，你会觉得很难超越，对手仿佛越来越多；当你的眼里只有昨日的自己，没有对手，只想到超越自己，到最后，你可能真的没有对手！（2016年8月6日）

《成长笔记》第245篇　建造钟面的人。

奥琪，很明显，进入高中以来，你需要学习的知识的广度与深度，都与初中明显不同。就像建造钟楼的基础完成后，开始建造钟面。这部分精美、复杂，明显有别于建造其他的部分。进入这个集体，你结识很多"建造钟面的人"，很多以前和你比肩的人，都走向不同的人生方向，人生就是这样，分分合合。每个人都找到自己的建筑，用自己的一生时光，去建好它！（2016年8月11日）

《成长笔记》第247篇　风雨中，奥琪淋湿回家，进门第一句话就是："爸爸妈妈，我语文考了全班第一！"这种幸福感，真是太温馨了！

这两天，爸爸参加省机关事务管理局副处级岗位的笔试、面试，听说成绩尚可。让我们一起努力，孩子！（2016年9月18日）

《成长笔记》第248篇　今天收到王剑董事长的通知，说让我先到浙勤集团协助工作。同时，需要我向莫干山管理局领导进行汇报。下午，王惠良局长找我谈话，确定了先借用到浙勤集团的安排。

奥琪也有振奋人心的消息：她通过了英语竞赛的初赛，已经进入复赛。她是参加的7个人中，成绩较好的。（2016年11月21日）

《成长笔记》第261篇　奥琪今天参加了我的新书——《莫干山别墅往事》的新书发布会，参加发布会的专家领导有近30人，还有家人代表吴小英、李昕也分别从丽水、上海赶到德清图书馆参加发布会，终生难忘大家的关心和支持！（2017年3月4日）

《成长笔记》第264篇　人的时间，都是差不多的；人与人的差别，主要是时间运用艺术的差别。（2017年6月1日）

《成长笔记》第269篇　今天是香港回归的纪念日，也是林郑月娥宣誓上任的日子。奥琪第一天军训回家，一路军歌嘹亮，很开心，她说教官对他们很好！（2017年7月1日）

《成长笔记》第272篇　英语老师的评语：奥琪的确很棒，是特别有语言天分的孩子！会活学活用，像海绵一样很快就吸收了所学的知识。（但愿老师是认真的，呵呵！）（2017年7月16日）

《成长笔记》第273篇　今天在奥琪的窗前放了一盆小吊兰，取名叫"安静的从容"。她还开心地向她妈妈介绍吊兰的名字。（2017年8月27日）

《成长笔记》第275篇　奥琪身高记录：2014年8月12日158.6厘米；2015年3月7日　159.4厘米；2015年7月16日　159.8厘米；2015年11月14日　161厘米。（2017年9月10日）

《成长笔记》第279篇　今天出门，奥琪已经把英文演讲稿背得很熟，电梯里背给我听，并且很自信。通过筛选，奥琪作为德清高级中学两名选手之一，参加德清地信大会的英语演讲比赛。（2018年4月20日）

《成长笔记》第287篇　奥琪，运动是提振精神、保持持久健康最为重要的保障。跑步之后，你会发现，浮躁、怯弱、消极被一扫而空，代之以积极、阳光、向上、恒久的健康状态。（2018年7月25日）

《成长笔记》第289篇　今天孩子回家，第一句话是"感觉生活欺骗了自己"，因为数学很多题目做不来。你略带玩笑地说出对功课的担心，我们欣赏你的豁朗与乐观。我们也想与你探讨，其实生活从来不会欺骗我们，至少不会真正意义上欺骗我们。有时候，我们可以扪心自问，我们对生活、对追求的事业，真的够真诚，够专注吗？（2018年8月13日）

《成长笔记》第293篇　往往表决心，立目标，都是容易的；付诸行动，并持之以恒始终不渝者，寥寥无几。（2018年

9月23日）

　　《成长笔记》第297篇　风轻轻，云淡淡，初阳高照，我送奥琪去学校。怎么孩子都上高中了，上学还要送一程，原来今天是高考首考日。（2018年11月1日）

　　《成长笔记》第298篇　下午的英语考试，将是3天考试的最后一门。出发前，多问了几句，竟被调侃为"龙应台风格"。因为有点紧张，我们就路上的蔷薇进行对话。我说："你看，这些蔷薇，无论刮风、下雨，都保持这么好的状态，这么开心。"奥琪说："子非花，焉知花之乐？"我意识到这里的哲学思维，回答说："你不是蔷薇，你怎么知道它不开心呢？"奥琪马上笑着说："你应该说，子非我，焉知我不知花之乐！"我说："嗯，读点《庄子》真好！"（2018年11月3日）

　　《成长笔记》第304篇　昨天从同学手中接过许多圣诞礼物：一块硬得像钻石的蛋糕（同学纯手工制作），一条围巾，一本书，两张痛经贴……奥琪度过了一个快乐的圣诞节。（2018年12月26日）

　　《成长笔记》第305篇　"欲正心，先诚意；欲诚意，先致知。"奥琪，我们相信每个学科之内，都有一尊真神。积跬步，缓慢进步，可能家长不知，老师一时也不会察觉，考试中也不一定会马上有所反映。但我们是否正心，是否诚意付出，真神一定知道，即使一时没有显现，但终极公正肯定存在。（2018年12月27日）